FUSION FANTASTIC STORY

박선우 장편소설

스크린의 별 5

박선우 장편소설

초판 1쇄 찍은 날 § 2017년 12월 11일
초판 1쇄 펴낸 날 § 2017년 12월 18일

지은이 § 박선우
펴낸이 § 서경석

총괄팀장 § 최하나
편집책임 § 신보라
편집 § 이지연

펴낸곳 § 도서출판 청어람
등록번호 § 제387-1999-000006호
등록일자 § 1999. 5. 31
어람번호 § 제1-2810호

주소 § 경기도 부천시 부일로 483번길 40 서경B/D 3F (우) 14640
전화 § 032-656-4452   팩스 § 032-656-4453
http://www.chungeoram.com
E-mail § chungeorambook@daum.net

ISBN 979-11-04-91573-4 04810
ISBN 979-11-04-91447-8 (세트)

스크린의 별

FUSION FANTASTIC STORY

박선우 장편소설

5

도서출판 청어람

CONTENTS

제32장
드라마

　이글아이의 11월 공식 집계 된 예약 판매량은 무려 15,000대
에 달했다.

　광고를 시작한 지 불과 한 달 만에 올린 성과였고 대한민국
에서 SUV가 판매된 이후 최고의 판매 실적이었다.

　문제는 이글아이가 상종가를 치면서 점점 판매고를 높여가
는 중이란 것이었다.

　천하자동차는 강도영이 출연한 자동차 광고를 거침없이 방
송에 때렸다.

　보통 TV 광고는 특별한 경우를 제외하고 한 달 이내에 종료

된다.

워낙 광고료가 비싸기 때문에 제품의 홍보가 어느 정도 완료되면 막을 내리기 때문이었다.

하지만 천하자동차는 한 달이 훌쩍 지났어도 광고를 내릴 생각이 없는 듯 골든 타임은 물론이고 전방위로 이글아이의 광고에 열을 올렸다.

천하자동차의 홍보실장 황윤덕은 사장실에 들렀다가 자신의 집무실에 들어왔다.

강정혜가 귀신같이 알고 들어온 것은 그가 소파에 엉덩이를 막 붙였을 때였다.

"사장님이 뭐래요?"

"귀신이니, 내가 사장실에 갔다 온 걸 어떻게 알았대?"

"호호… 제 별명이 레이다 강이잖아요. 궁금하니까 빨랑 말해봐요. 뭐라셔요?"

"보너스 주겠단다. 수고했다고. 10만 대 넘으면 해외여행도 보내주겠다고 하시더라."

"어머, 정말이에요?"

강정혜가 손뼉을 치면서 반색을 했다.

워낙 이글아이의 시장 반응이 좋았기 때문에 은근히 기대를 하고 있었지만 부상으로 나오는 게 생각보다 훨씬 컸다.

"지금까지 벌써 23,000대를 기록했단다. 불과 45일 만에 팔린 거니까 정말 대단한 거지. 우리의 주력 자동차 ES—3000보다 오히려 더 많아. 그러니 사장님이 부처님 얼굴 되지 않고 배기겠어?"

"거 봐요. 내가 뭐랬어요. 강도영이 돈값 할 거라고 했잖아요."

"그건 인정. 우리 강 팀장이 사람 보는 눈은 정확해요. 사랑스러워 죽겠어."

"어, 이러지 마요. 그러다 뽀뽀하려고 덤비면 곧장 신고할 겁니다. 난 유부녀라고요!"

"허이구, 미치겠네. 야! 내가 돌았냐. 너하고 뽀뽀하게!"

"키킥킥… 그 모션은 마치 뽀뽀할 기세였잖아요."

강정혜가 펄쩍 뛰는 황윤덕을 보면서 이상한 웃음을 흘려냈다.

비록 직장 상사지만 황윤덕과는 오랫동안 같이 일했기 때문에 친한 오빠처럼 여겨져 이런 농담이 가능했다.

황윤덕이 정색을 한 것은 그녀의 웃음이 멈췄을 때였다.

"사장님이 강도영을 내년에 시판하는 신형 ES—3000의 모델로 쓰면 어떻겠냐고 묻더라."

"그래서요?"

"난 안 된다고 했다. 강도영의 나이는 ES—3000하고 맞지 않아. 대형 세단을 젊은 놈이 탄다고 생각해 봐. 고객들이 위화감을 느끼지 않겠어?"

"일리가 있는 말씀이세요."

"그런데도 사장님은 막무가내셔. 강도영이라면 충분히 가능하다면서 무조건 출연시키래."

"그래서 실장님은 뭐라셨는데요?"

"내년에 강도영의 상태를 보자고 했다. 놈이 지금보다 훨씬 성장해서 대한민국을 들었다 났다 할 정도가 되면 출연 못 시킬 이유도 없으니까."

"빙고, 역시 우리 실장님 똑똑하셔. 잘하셨어요."

"오늘 저녁 어떠냐. 우리 보너스도 나온다는데 오랜만에 회식이나 할까?"

"홍보실 전체 다요?"

"그럼 우리 둘이만 나가서 사랑을 속삭일래?"

"흐흥… 그것도 좋구요."

*　　　　　*　　　　　*

이수현은 텔레비전에 나오는 이글아이의 광고를 뚫어지게 쳐다보고 있었다.

앞에는 커피가 놓여 있었으나 더 이상 손이 가지 않았다.

그녀가 극본을 쓴 '태양의 전사'는 작년 말부터 방송되었지만 끝내 시청률 25%를 넘기지 못하고 종영되었다.

그녀가 손댄 미니 시리즈 중 최악의 성적이었다.

전문가들은 '태양의 전사'를 보면서 그녀의 특유한 감성과 대사발이 전혀 먹히지 않았다는 평론을 내놓았다.

받아들일 수가 없었다.

비록 태양의 전사가 그녀의 전공에서 조금 벗어난 스파이물이었지만 워낙 내용이 탄탄했기 때문에 김성현이 제대로 만들고 자신이 원한 배우를 썼더라면 이 정도의 성적에서 끝나지 않았을 것이다.

김성현과의 관계를 끝낸 것은 금년 초였다.

어떻게 알았는지 그의 와이프가 그녀를 찾아와서 여기서 끝내지 않으면 온 세상에 그들의 관계를 알리겠다며 협박을 해왔기 때문이다.

사랑했다.

김성현의 부드러운 감성과 그녀의 온몸을 불태우는 그의 육체를.

하지만 그의 와이프가 알게 된 이상 계속해서 관계를 유지한다는 건 불가능한 일이었다.

김성현이 진급은 고사하고 지방으로 쫓겨난 이유가 그녀 때문이라는 소문이 돌았다.

김성현의 와이프가 사장을 만나 더 이상 바람을 피우지 못하게 해달라며 울었다는 것이었다.

기가 막혔지만 알은척조차 하지 못했다.

이 소문이 새어 나가게 되는 순간 그녀는 사회에서 완전히 매장될 테니 숨을 죽이고 소문이 가라앉기를 바랄 뿐이었다.

다행스럽게 소문은 잠잠해졌고 8개월의 휴식 기간이 지나자 TCN의 드라마국장이 그녀를 직접 찾아왔다.

그는 계속되는 TCN 드라마의 참패를 그녀가 만회해 주길 바라면서 새로운 작품을 써달라고 간절히 애원했다.

당분간 글을 쓰기 싫었으나 국장의 설득은 끈질겨서 결국 허락을 하고 말았다.

대신 단서 조항을 달았다.

바로 텔레비전에서 이상한 년의 뽀뽀를 받고 있는 바로 저 남자, 강도영을 주인공으로 써달라는 것이었다.

드라마의 생명은 극본이었지만 그것을 소화하는 능력을 가진 놈이 있어야 비로소 빛을 발한다.

이수현은 전문가였고 자신의 극본에 어울리는 배우를 찾는 능력이 귀신 같은 사람이었다.

이전에도 태양의 전사에서 강도영을 썼다면 최소 30% 이상은 넘겼을 거란 게 그녀의 판단이었기에 그녀는 차기작으로 구상하고 있는 '신비한 남자'에 그를 반드시 출연시키고 싶었다.

*　　　*　　　*

"사장님 부르셨습니까?"

"왜 이렇게 늦게 들어와. 급해죽겠구먼."

"거래처하고 통화가 길어졌어요. 무슨 일인데 그렇게 서두
르세요?"

"윤 국장이 나를 찾는다. 오늘 저녁에 보자더라."

"왜요?"

이승환의 말을 들은 윤철욱이 펄쩍 뛰어올랐다.

비록 이승환이 페이스의 대표를 맡고 있지만 TCN의 드라마
국장이 그를 직접 만나자고 하는 경우는 거의 없는 일이었다.

하지만 답답해하는 건 이승환도 마찬가지였다.

"씨발, 뭣 때문에 만나자는 건지 말을 안 해. 그저 시간 좀
내달라고 한단 말이지."

"전혀 감이 안 잡히십니까?"

"내가 점쟁이냐. 국장 속을 내가 어떻게 알아!"

"그럼 어쩌시려고요?"

"일단 만나봐야지. 무슨 소릴 하는지 들어봐야 대책을 세
울 거 아니냐."

"거참, 세상 좋아졌습니다. 공중파 드라마국장이 업체 사장을 다 만나자고 부탁을 하다니요."

"그래서 말인데, 너 첩자질 좀 해야겠다."

"알겠습니다. 밑에 애들이 알지 모르겠지만 일단 안테나는 세워보겠습니다."

"최대한 빨리 움직여. 전쟁터에 나가는데 총 없이 갈 수는 없잖아."

이승환은 자동차를 몰고 윤 국장이 정해놓은 일식집 '긴자'로 들어섰다.

'긴자'는 여의도에 있는 고급 일식집이었는데 방송 관계자들이 자주 찾는 집이었다.

하지만 하급 직원들은 얼씬도 하지 못한다.

워낙 음식이 비쌌고 '긴자'에는 방송국의 고위직들이 수시로 드나들어 잘못해서 눈에 띄면 찍힐 수 있기 때문이었다.

약속한 룸에 들어서자 벌써 윤 국장은 도착해서 마담과 나란히 앉아 이야기를 나누고 있는 중이었다.

워낙 단골이었기 때문에 '긴자'의 마담은 애인처럼 그에게 찰싹 달라붙어 있었다.

이승환이 들어서며 인사를 하자 윤 국장이 자리에서 일어나며 악수를 청해왔다.

마담은 그가 들어서는 것을 보고 급하게 자리에서 일어나 나갔는데 음식을 들여오기 위함인 것 같았다.

"오랜만입니다."

"아이고, 국장님도 잘 계셨죠. 자주 찾아뵈어야 하는데 먹고살다 보니까 그러지를 못했습니다. 용서해 주십시오."

"별말씀을… 일단 앉으시죠."

그가 먼저 앉고 이승환이 따라 앉았다.

여기도 계급은 엄연히 존재했고 그는 윤 국장에게 목을 매달고 있는 을의 입장이었다.

"요즘 소속사 배우들의 활약이 뛰어나더군요. 돈 좀 버셨겠어요."

"웬걸요. 반은 놀고 있습니다. 큰일이에요. 요즘은 워낙 뛰어난 배우들이 많아서 일감이 잘 들어오지 않습니다."

"그런가요?"

윤 국장이 피식 웃으며 이승환을 빤히 바라보았다.

소속사 사장들이 늘 그 앞에서 하는 짓이었기에 그는 이승환의 말을 전혀 믿지 않는 눈치였다.

마담이 술상을 마련해서 들어온 것은 그들이 드라마에 관해서 이것저것 잡담을 하고 있을 때였다.

윤 국장은 불러 놓고 쉽게 용건을 말하지 않았다.

술을 마시며 천천히 이야기를 나누자는 뜻이었기에 이승환도 서두르지 않고 그가 폭탄주를 제조하는 걸 지켜만 봤다.

드디어 그의 입이 열린 것은 폭탄주가 다섯 잔이나 돈 후였다.

"사장님도 알다시피 요즘 우리 방송국 드라마가 죽을 쓰고 있습니다. 만드는 것마다 참패를 당해서 내가 얼굴을 들고 다닐 수가 없어요. 이러다가 잘못하면 모가지 날아갈 판입니다."

"설마, 그럴 리가 있겠습니까. TCN은 드라마 왕국으로 불릴 만큼 뛰어난 피디와 작가들이 포진하고 있으니 금방 일어서겠죠."

"허허… 고마운 말씀이시네요. 자, 한 잔 더 합시다."

"예."

참 뜸도 어지간히 들인다.

금방이라도 본론을 얘기할 것 같았던 윤 국장이 폭탄주를 벌컥거리며 마시는 걸 보고 이승환도 그를 따라 맥주잔을 기울였다.

폭탄주를 금방 비운 윤 국장의 눈빛이 변한 건 이승환의 잔이 탁자에 놓였을 때였다.

"사장님 회사에 보배가 하나 있더군요."

"누구 말인가요. 혹시 강도영을 말씀하시는 겁니까?"

윤 국장의 단 한마디에 이승환의 머리가 팽이처럼 돌기 시작했다.

드라마다. 그것도 강도영을 출연시키고 싶어서 윤 국장이 직접 자신을 보자고 했을 가능성이 컸다.

윤철욱에게 안테나를 세워 윤 국장이 그를 보자는 이유에 대해서 파악해 보려 했지만 전부 마우스를 달아 도저히 무슨 일 때문인지 알 수 없었다. 한데 결국 강도영이 타깃인 모양이었다.

"하도 깨져서 쉬고 있는 이수현을 찾아가 매달렸습니다. 내년에 새롭게 시작되는 드라마 극본을 써달라고 말입니다."

"아, 이수현 작가라면 두말할 필요도 없겠죠."

"그래서 말인데 사장님, 우리 강도영을 거기에 출연시킵시다."

빙고!

역시 맞았다. 그러나 이승환은 표정을 어둡게 만들며 대답을 쉽게 하지 않았다.

윤 국장이 직접 찾아왔다는 것은 강도영을 원하는 게 이수현이란 뜻이었다.

이수현은 윤 국장을 움직일 수 있을 정도로 절대 파워를 가진 여자였다.

"국장님, 죄송한 말씀이지만 강도영은 내년에 크랭크인 되는 김동혁 감독의 작품 광개토대제에 출연하기로 이미 약속되어 있는 상탭니다."

"으음……."

윤 국장의 입에서 긴 신음 소리가 흘러나왔다.

설마 이런 대답이 나올 줄은 생각지도 못했다는 표정이었다.

김동혁이라.

강도영이 대중들에게 결정적으로 이름을 알리게 된 것은 그가 만든 히어로 때문이었다.

영화계의 절대 총아.

그런 놈과 출연 약속을 했다면 이승환이 난색을 표하는 게 당연했다.

그럼에도 윤 국장의 눈은 전혀 포기가 담겨 있지 않았다.

"죄송합니다, 국장님. 배려를 해주셨는데 아무래도 응하기가 어려울 것 같습니다."

"아직 계약은 하지 않았을 거 아닙니까?"

"그건 그렇지만……."

"최고의 대우를 해주겠습니다. 회당 출연료로 7천을 주겠소."

이승환의 얼굴이 슬쩍 일그러졌다.

회당 7천이라면 16부작으로 따진다면 출연료가 11억이 넘는다는 뜻이다.

초특급 에이스 몇 놈을 제외하고는 최고의 대우였지만 이승환의 입에서는 전혀 다른 말이 튀어나왔다.

"다른 사람도 아니고 김동혁 감독과의 약속입니다. 업계 관행상 약속을 깨면 강도영은 영화판에서 매장이 될 겁니다. 이해해 주십시오, 국장님."

"사장님, 그렇다면 방송국에서 페이스가 전멸하는 걸 보고 싶은 겁니까?"

"왜 그런 말씀을……"

"좋소, 8천을 주겠소. 그러니 무조건 강도영을 주시오. 이번에도 노 사인이 나오면 나는 내가 가진 인맥을 모두 동원해서라도 페이스에 소속된 배우들이 방송에 나오지 못하도록 만들 생각이요. 어떻습니까, 이래도 안 된다고 하실 겁니까?"

"휴우… 국장님, 고정하시고 생각할 시간을 주십시오. 제가 결정한다고 정해지는 일이 아니니까 들어가서 강도영과 상의해 보고 대답을 드리겠습니다."

윤철욱은 눈이 빠지게 기다리다 이승환이 출근하는 것을 본 후 부리나케 달려들었다.

이승환이 외투를 벗자마자 그가 입을 연 것은 궁금증을 더 이상 참지 못했기 때문이다.

텔레비전 드라마국장이 직접 만나자고 했으니 분명 소속사 배우에 관련된 일이란 추측이 들었지만 다른 일일 수도 있었다.

그러나 그 어떤 일이라도 페이스에게는 엄청 중요한 일일 것이다.

"어제 세 번이나 전화를 했는데 받지 않아서 걱정했습니다. 많이 마셨습니까?"

"그 자식, 말술이잖아. 죽다 살아났다."

"그건 그렇고 뭐라던가요?"

"씨발, TCN에서 내년에 이수현의 신작 신비한 남자를 제작할 모양이야."

"그래서요?"

"강도영을 거기에 주인공으로 출연시켜 달란다."

"아이구!"

이승환의 말을 들은 윤철욱의 얼굴이 대번에 사색으로 변했다.

강도영의 상황을 누구보다 잘 아는 그였기에 이승환의 말을 듣자마자 대책이 서지 않는다는 듯 이승환의 얼굴만 빤히 쳐다봤다.

김동혁의 작품은 연말에 들어간다고 했으니 겹치게 될 가능성이 농후했다.

신작 드라마를 계획하고 실행에 옮기는 데 걸리는 시간은 최소 6개월 이상이 필요하다.

더군다나 이수현은 집필하는 데 오랜 시간이 걸리는 걸로 유명한 여자라서 그 기간이 더 길어질 가능성이 컸다.

　윤철욱의 입이 다시 열린 것은 자신을 바라보는 이승환의 시선이 잔뜩 굳어져 있는 것을 봤기 때문이었다.

　"사장님, 무슨 복안이라도 있습니까?"

　"복안은 없다. 무조건 출연시키라고 하는데 무슨 복안이 있겠어. 더군다나 회당 8천까지 주겠다고 하더라."

　"8천이라고요!"

　"16회만 잡아도 13억에 가까워. 윤 국장이 그렇게 마음먹었을 리 없으니 이수현 작품일 거다. 걔는 태양의 전사 때도 강도영을 원했으니까."

　"도영이가 히어로 때문에 스타로 성장했지만 아직도 신인입니다. 그런 애한테 8천을 주다니 정말 이해가 가지 않는군요."

　"방금 말했잖아. 이수현이 원하면 윤 국장은 어쩔 도리가 없어. 걔 파워는 사장도 움직일 수 있단 말이야."

　"다 좋습니다. 다 좋은데 광개토대제는 어쩌려고요?"

　"그건 구두 약속이었다. 정식 계약을 한 게 아니니까 어떻게든 뭉개봐야지."

　"도영이 장래가 달린 일입니다. 영화계가 아무리 아사리판이라 해도 출연 약속을 어긴 놈은 감독들에게 찍혀서 출연이 어려워진단 말입니다. 재고하셔야 합니다."

"그럼 페이스를 접어야 속이 시원하겠냐? 윤 국장 그 새끼가 그러더라. 끝까지 강도영을 내놓지 않으면 우리 애들을 전부 빼겠다고. 그래도 그런 소리가 나와?"

"다 빼다니요?"

"우리 애들 출연을 원천적으로 막겠단다. 자기가 국장으로 있는 동안 무슨 수를 쓰더라도 우리 애들을 말려 죽인다잖아. 그놈은 충분히 그럴 수 있는 놈이다. 그놈 동기들이 방송사에 전부 국장급으로 있기 때문에 그 자식이 지랄을 떨면 우린 다 죽을 수밖에 없어."

"…정말 윤 국장이 그랬습니까?"

"내가 뭐 하러 너한테 거짓말을 하겠냐. 씨발, 나도 속이 터진다고. 이게 도대체 갑자기 무슨 조화인지 모르겠다. 어쨌든 윤 국장한테는 상의해 보고 연락하기로 했으니까 일단 도영이부터 불러. 그놈 의중을 들어봐야 되지 않겠어?"

＊　　　＊　　　＊

강도영은 회사의 콜을 받고 사무실로 향했다.

중요하지 않은 일들은 대부분 전화로 끝내기 때문에 직접 그를 불렀다는 건 방송 출연이나 광고 등 중요한 일이 있다는 것을 의미한다.

강도영이 사무실로 들어서자 윤철욱이 기다리고 있었다는 듯 달려 나왔다.

그는 실질적인 강도영의 매니저였다.

현장에서 벌어지는 일들에 대해서는 서현탁이 해결했지만 계약과 세금, 기획에 관한 일 등 중요한 일들은 그가 다 했다.

"일찍 왔네."

"빨리 오라고 독촉하셨잖아요. 뭐, 좋은 일이라도 있어요?"

강도영이 슬쩍 농담을 던졌다.

페이스에 들어온 지 5년이나 흘렀기 때문에 이제 윤철욱은 친한 형처럼 느껴질 정도였다.

하지만 윤철욱은 강도영의 농담에도 반응하지 않고 급하게 그를 사장실로 이끌었다.

익숙한 장면.

사장실에는 이승환이 파란 넥타이를 매고 책상에서 서류를 펼쳐놓은 채 심각한 얼굴로 일에 파묻혀 있는 것이 보였다.

"사장님, 도영이 왔습니다."

"아이고, 어서 와라. 거기 앉아."

이승환이 자리에서 벌떡 일어나 소파 쪽으로 다가왔다.

이것도 익숙했다.

언제부턴가 그는 강도영이 들어오면 활짝 웃으며 죽었다가 살아 돌아온 아들처럼 반겨주었는데 그게 오래되자 이제는 익숙해져 버렸다.

"밥은 먹었고?"

"그럼요."

3시가 넘은 시간에 갑자기 밥 먹었냐고 묻는 게 이상했으나 강도영은 스스럼없이 대답하고 이승환의 얼굴을 빤히 쳐다보았다.

뭔가 있다.

"하하… 요즘 내가 너 때문에 아주 즐거워 미치겠다. 인터넷에 들어가 보면 네 이야기로 난리가 아냐. 히어로가 중국하고 동남아 7개국, 미국 쪽에 팔렸다는 건 들었지?"

"들었습니다."

그 소식을 들은 건 벌써 2주 전이었다.

오래된 이야기를 지금 이야기하는 걸 보니 하고 싶은 이야기가 꽤나 심각하게 느껴졌다.

이승환은 그 후로도 일상에 관한 일들과 회사 이야기에 대해서 10여 분이나 떠들다가 갑자기 입을 닫았다.

그러고는 한동안 강도영을 바라보기만 했다.

이젠 자신의 차례. 이승환이 이렇게 좌판만 깔고 말을 하지 못한다는 건 자신에게 물어봐 달라는 의미일 것이다.

"사장님, 무슨 일이 생겼나요. 평소답지 않아 보이시네요."

"음… 도영아."

"말씀하세요. 하도 준비운동을 많이 시켜놔서 이젠 어떤 말이라도 들을 준비가 되어 있습니다."

"어제 TCN의 윤 국장을 만났다. 그 사람이 너를 드라마에 출연시키고 싶어 한다. 문제는……."

"속 시원하게 말씀하시죠. 얻어맞을 때 한꺼번에 맞는 게 좋잖아요."

"아무래도 광개토대제와 중복될 것 같아. 내년 중반부터 시작한다고 하니까 끝에 걸릴 것 같단 말이야."

"사장님이 곤란하실 만하네요. 무슨 드라마랍니까?"

"이수현이 쓰는 신비한 남자란다. 내가 회당 8천까지 올려놨으니까 16부작이면 전부 합해서 13억이다. 더군다나 이수현 작품은 기본이 시청률 30% 이상이야. 출연만 하면 광고가 산처럼 밀려들 거다."

"좋은 조건이네요."

"윤 국장에게는 즉답하지 않았다. 너랑 상의해 보고 연락한다고 했어. 내 생각부터 말한다면 네가 드라마에 출연했으면 좋겠다. 그 사람, 너를 출연시키지 않으면 우리 식구들을 전부 매장시켜 버리겠다고 엄포를 놓더라. 지금이 어떤 시댄데 그런 일이 있겠냐만 아무래도 회사에 피해는 오지 않겠냐. 너도 우리 식구니까 잘 생각해 주길 바란다."

"사장님, 그분이 저한테 집착하는 이유가 뭐죠?"

"대박 작가 이수현 때문이다. 걔는 방송사에 어마어마한 영향력을 가진 여자야. 아무래도 그 여자가 너한테 꽂힌 모양이야."

"그렇다면 간단하군요. 저를 꼭 쓰고 싶으면 최대한 당기라고 하세요. 사장님이 그분을 만나서 기한을 정해놓으면 제가 김 감독님을 만나서 상의해 보겠습니다."

"정말이냐!"

"하지만 원칙은 있어요. 기간에 대한 협의가 되지 않고 김 감독님이 배려를 해주시기 어려운 상황이라면 저는 무조건 광개토대제에 출연할 겁니다. 사나이끼리 한 약속을 돈 때문에 어길 수 없으니까요."

"좋다, 내가 이수현하고 윤 국장을 다시 만나서 협의하마. 대신 너도 김 감독님을 잘 좀 설득해 다오. 최악의 상황이라도 겹치는 건 길어봐야 두 달이다. 도영아, 우리 화이팅하자. 응?"

이승환이 강도영을 바라보며 두 손을 불끈 들어 보였다.

자신의 생각대로 움직인 강도영이 너무 예뻐서 끌어안고 싶었지만 속이 보이는 것 같아서 참았다.

역시 똑똑한 놈.

자신이 밤새 고민하며 생각해 낸 걸 단숨에 꿰뚫고 빤히 쳐다보고 있으니 생각 같아서는 뽀뽀라도 하고 싶은 심정이었다.

*　　　　*　　　　*

"감독님, 안녕하셨어요?"

"네가 웬일이냐. 천하의 강도영이 나를 직접 찾아오다니 놀 랄 일이네."

"죄송합니다. 자주 찾아뵈어야 하는데 일이 바쁘다는 핑계 로 그렇게 하지 못했어요. 대신 이걸 가지고 왔으니 용서해 주 시기 바랍니다."

강도영이 손에 든 물건을 슬쩍 내밀자 김동혁의 눈빛이 변 했다.

강도영이 가지고 온 건 그가 가장 좋아하는 발렌타인 30년 산이었기 때문이다.

그것도 5병이나 들고 왔으니 이상하게 생각할 수밖에 없었 다.

"뇌물이냐?"

"그럴 리가요. 뇌물이 아니라 정성입니다."

"햐… 이놈 봐라. 그사이에 말솜씨도 늘었구만. 그래, 뭐냐, 용건이. 나 조금 이따가 DR미디어 사장하고 미팅이 있어서 나 가봐야 해."

"광개토대제 때문에요?"

"그래, 다음 달부터 기획서를 만들기로 했거든. 투자를 받으려면 그럴듯한 기획서가 나와야 투자사들이 달려드는 법이니까. 뭐냐, 그 표정은?"

"감독님… 저기……."

"이놈이 사람 답답하게 만드는 재주도 있네. 빨리 말해. 나 답답해 죽는 꼴 보려고 그래?"

"회사에서 내년에 저보고 드라마에 출연하라고 해요."

"그래서?"

"방송사 측 얘기로는 11월이나 되어야 끝난다는데 아무래도 감독님 영화와 겹칠 것 같아서요……. 아무래도 안 되겠죠?"

강도영이 안색을 흐리며 김동혁을 바라봤다.

하지만 산전수전 다 겪은 김동혁은 그런 표정에 넘어갈 사람이 아니었다.

"광개토대제는 준비할 게 많은 영화다. 당장 능숙하게 말을 탈 수 있도록 훈련해야 하고 액션 신도 많아. 히어로처럼 소규모 싸움이 아니란 말이다. 더군다나 한민족 최고의 영웅을 연기하기 위해서는 공부도 많이 해야 돼. 그런데 드라마에 출연할 수 있겠어?"

"그래서 온 겁니다. 감독님의 생각을 들어보려고요. 저는 감독님이 안 된다고 하신다면 드라마에 출연하지 않을 생각입니다."

"그런 놈이 뇌물을 들고 와?"

"그건 뇌물이 아니라 정성이라니까요. 저는 겉과 속이 다른 놈이 아니에요."

"말은 잘한다."

"드라마는 대박 작가 이수현 씨가 쓰는 거라네요. 신비한 남자, 제목도 근사하죠. 회당 8천만 원을 준답니다. 저를 무척 예쁘게 봐준 모양이에요."

"8천이라… 엄청 좋은 조건이구나."

"그래도 감독님이 안 된다니까 출연하지 않겠습니다. 저는 감독님과의 약속을 절대 어길 생각이 없으니까요. 바쁘신데 엉뚱한 얘기 꺼내서 죄송해요. 다음에 시간 나실 때 전화 한 번 주세요. 제가 맛있는 거 사드릴게요."

"이 자식아, 앉아!"

강도영이 미련 없이 자리에서 일어나려 하자 웃음을 머금은 김동혁이 소리를 버럭 질렀다.

그런 후 천천히 강도영을 향해 다가왔다.

"이놈아, 광개토대제는 처음 구상할 때부터 네가 주인공이었다. 너 아니면 다른 누구도 안 된다는 생각이었단 말이다. 그런 보물을 내가 힘들게 만들 것 같으냐. 11월이라고 했지?

드라마 출연해라. 어차피 우리 영화는 기획 단계이기 때문에 크랭크인을 조금 뒤로 미뤄도 돼. 그러니까 돈 많이 벌어서 발렌타인 박스째로 사 와. 알았어?"

*   *   *

참 세월은 빠르다.

그의 나이 벌써 29살. 연예계에 데뷔한 지 벌써 6년째가 되었으니 세월은 화살처럼 지나가고 있었다.

이수현이 쓰는 신비한 남자는 6월에 시작되는 것으로 계획되어 있었기 때문에 강도영은 그동안 2개의 광고를 더 찍었다.

하지만 그것이 다였다.

히어로의 광풍이 지나간 후 1년이 다 되도록 방송은 물론이고 작품 활동을 하지 않았기 때문에 언론과 사람들의 머릿속에서 그의 얼굴은 점점 잊혀 갔다.

물론 대중들에게 잊히지 않기 위해서 텔레비전 연예 프로그램에 수시로 출연할 수 있었지만 강도영은 이승환의 제의를 마다했다.

배우가 연예 프로그램에 나가서 얼굴을 판다는 것이 결코 좋은 일이 아니란 생각을 가졌기 때문이다.

배우는 오로지 연기로 승부를 해야 한다는 게 그의 생각이었다.

이승환은 강도영을 드라마에 출연시키는 조건으로 강민경도 같이 팔아넘겼다.

그와 삼각관계를 형성하는 재벌집 딸을 배역으로 맡았는데 마침 그녀는 드라마가 끝나고 오랫동안 쉬고 있었기 때문에 흔쾌히 응했다고 한다.

첫사랑과의 인연은 정말 끈질긴 것인가 보다.

목이 다시 아프기 시작한 것은 드라마 촬영이 들어가기 바로 전인 5월 중순 무렵이었다.

타들어갈 것 같은 고통.

또다시 열이 나면서 온몸이 불덩이처럼 변하더니 점점 그 고통이 목에 집중되었다.

한번 당해봤기 때문에 그 고통이 얼마나 괴로운 것인지 너무나 잘 안다.

그럼에도 미칠 것 같은 환희에 젖은 것은 마지막 남아 있던 폴립이 발악을 하면서 몸부림을 치고 있기 때문이었다.

이 고통이 지나가면 목소리가 돌아올 것이란 희망.

간절하게 바랐던 그 희망은 아직까지 남아서 그를 괴롭히던 폴립이 모두 사라지는 순간 현실이 되어 나타날 게 분명했다.

꿈을 꾸었다.

목소리가 돌아오면서 사람들에게 자신의 노래를 들려주는 꿈을.

기타의 선율이 아름답게 울리고 자신의 노래가 공간을 가득 적셨을 때 사람들은 감동과 행복 속으로 빠져들며 그를 연호했다.

얼마나 기다렸던 꿈인지 모른다.

어렸을 적부터 그가 유일하게 잘할 수 있었던 것은 오직 노래뿐이었다.

비록 사람들에게 들려줄 수 없었으나 노래는 불행한 그의 삶을 위로할 수 있는 유일한 수단이었다.

외모로 인해 그 꿈을 빼앗긴 후 절망의 나락으로 떨어졌을 때, 그리고 외모가 변하면서 목소리를 빼앗겼을 때의 충격은 상상하기 어려울 정도로 컸었다.

연기를 하게 된 것은 노래를 하지 못하기 때문에 새롭게 선택한 길이었을 뿐 노래는 언제나 마음의 고향처럼 그의 심장 한쪽을 차지하고 있었다.

그 노래가 꿈이 되어 나타났다.

더없이 황홀했고 아름다운 떨림이 되어……

열은 쉽게 가라앉지 않았다.

마지막까지 남아 있던 폴립들은 마치 살아남기 위한 발악을 하기 위해선지 그의 온몸을 괴롭히며 발버둥을 쳤다.

처음 입원했을 때보다 훨씬 고통이 컸다.

병원에 입원한 후 거의 5일 동안은 정신을 차리지 못할 정도의 고열에 시달렸는데 아무것도 먹지 못했기 때문에 입술이 타들어갈 것처럼 말랐다.

엄마인 정영숙은 물론이고 서현탁은 밤새도록 침대를 지키며 간호를 했고 신은서도 바쁜 일정이 끝나면 무조건 병원으로 달려왔다.

병원 측에서 강도영의 입원을 극비로 부쳤기 때문에 기자들은 아무도 눈치채지 못했다.

더군다나 일 년 정도 활동이 뜸해서 언론을 비껴간 것이 이럴 때는 도움이 되었다.

만약 누군가가 강도영을 주시하고 있었다면 대박 특종을 만들어냈을 것이다.

강도영의 상태가 좋지 않다는 것은 물론이고 세상을 들썩이게 만들었던 신은서와의 관계가 고스란히 드러났을 것이기 때문이었다.

강도영의 상태가 점점 좋아지기 시작한 것은 병원에 입원한 지 10일이 지난 후부터였다.

열이 가라앉기 시작하면서 정신이 돌아왔는데 아무것도 먹지 못해 몸 상태가 극도로 좋지 않았다.

"도영 씨, 나예요. 은서라구요!"

"…왔어요."

강도영이 겨우 눈을 뜨자 침상을 지키고 있던 신은서가 놀라며 소리를 쳤다.

그녀의 얼굴도 눈에 뜨게 수척해 있었다.

애인인 강도영이 10일 가까이 정신을 차리지 못할 정도로 아파 그녀 역시 그동안 제대로 된 수면을 취하지 못했기 때문이다.

"바보같이 왜 자꾸 아프고 그래요. 흐흑……."

신은서가 기어코 눈물을 쏟아냈다.

얼마나 걱정했는지 모른다.

사랑하는 사람이 아프다는 게 자신이 아픈 것보다 훨씬 더 힘든 것이라는 걸 처음으로 알았다.

사랑이란 이런 것이구나. 나보다 이 사람을 먼저 생각하는 마음.

차라리 내가 대신 아파주고 싶다는 마음, 이 사람이 없으면 살아갈 의미가 없다는 마음이 든다는 것을.

강도영이 천천히 손을 뻗어 그녀의 손을 잡아왔다.

힘들었던지 그녀의 손을 잡아오는 손길이 너무 느렸기에 눈물 속에서도 신은서는 손을 뻗어 그가 쉽게 잡을 수 있도록 해주었다.

"이제 괜찮아지는 것 같아요. 열이 훨씬 떨어진걸요."

"잠깐 기다리고 있어요. 현탁 씨한테 의사 선생님 불러오라고 할게요."

"아뇨, 지금은 은서 씨와 같이 있고 싶어요. 아픈 동안 우리 은서 씨 너무나 보고 싶었어요."

"나도요. 나도 도영 씨가 걱정돼서 한숨도 자지 못했어요. 이렇게… 아픈 걸 보면서 집에 갈 때마다 미칠 것 같았단 말이에요."

"이리 와봐요. 얼굴 좀 만져보게."

강도영이 그녀를 잡은 손에 힘을 주었다.

그러자 신은서가 얼굴을 그의 손 쪽으로 가져갔다.

"예뻐요. 여전히… 조금 수척해졌지만 세상 어떤 여자보다 예쁘네요."

"바보같이……."

강도영의 손길을 느끼면서 아직도 매달린 눈물을 닦지 못한 채 신은서가 웃음을 보였다.

아직 아픈 사람이지만 그에게서 나온 사랑의 밀어는 그녀를 웃음 짓게 만들기에 충분한 것이었다.

"나 때문에 이렇게 수척해진 모양이네요. 그렇게 걱정하지 않아도 됐는데 왜 그랬어요."

"시집 못 갈까 봐 그랬죠. 나 처녀 귀신으로 늙어죽기 싫단 말이에요."

"후… 나한테 시집 올 거예요?"

"그럼 나 안 데려갈 생각이었어요?"

"아뇨, 은서 씨만 좋다면 데려가고 싶어요."

"힝!"

강도영의 대답에 그녀의 입에서 여우 울음소리가 흘러나왔 다.

그저 빈말이라도 좋다. 사랑하는 사람의 약속은 그 어떤 달콤한 말보다 아름답고 부드러운 것이니까.

그녀의 반응에 강도영이 희미한 웃음을 머금었다.

볼수록 사랑스러운 여자다. 자신을 위해 얼마나 고민했는 지 얼굴이 몰라보게 수척해질 정도로 그녀는 자신을 사랑하 고 있었다.

"방송국에서 걱정이 많겠네요. 다음 달부터 촬영 시작 한다 고 했는데 어쩌죠?"

"그런 걱정 하지 말고 몸부터 빨리 좋아져야죠. 방송국에서 는 최대한 기다린다고 했어요. 물론 다른 대타를 물색하는 작 업도 병행하는 눈치지만."

"그랬군요."

"도영 씨, 그 소식 못 들었죠?"

"어떤 거요?"

"나도 신비한 남자에 출연하게 되었어요. 내가 마지막 여주인공으로 보름 전에 낙점받았어요."

"정말요?"

"그러니까 빨리 일어나요. 다른 사람 눈치 보지 않고 같이 다니면서 데이트하고 싶단 말이에요."

*　　　　　*　　　　　*

강도영의 몸은 빠르게 좋아지기 시작했다.

열이 내린다는 것은 몸에 변화가 있다는 것을 의미했는데 목 안을 가득 채운 채 부풀어 올랐던 폴립들이 열이 내리면서 기승을 멈추더니 수그러들기 시작했다.

그리고 정신을 차린 후 10일이 지났을 때 이병웅 박사가 직접 병실로 올라와 강도영의 눈앞에 사진을 내밀었다.

"도영 씨, 축하합니다. 폴립이 완전히 사라졌어요."

"정말인가요?"

"여기 보세요. 폴립이 보이지 않잖아요. 혹시 몰라서 여러 번 조직 검사를 해봤지만 모두 정상 세포로 변해 있더군요. 도영 씨의 목은 이제 정상으로 돌아온 겁니다."

"감사합니다… 감사합니다, 박사님."

"다시 말하지만 도영 씨의 목 상태는 너무 희귀한 증세라 내가 별로 해줄 수 있는 게 없었어요. 아… 이거 말해놓고 나니까 담당 의사로서 조금 부끄럽군요."

이병웅 박사가 말을 끝내면서 자신의 머리를 쓸어 넘겼다.

그로서는 쉽게 꺼낼 수 있는 말이 아니었을 것이다.

목에 관해서는 국내 최고 권위자라고 자부하던 사람이었으니 자신의 실력으로 환자를 고치지 못했다는 걸 솔직히 말한다는 게 쉽지만은 않았던 모양이다.

그럼에도 그는 강도영을 바라보면서 얼굴을 붉히지는 않았다.

"이제 퇴원해도 됩니다. 하지만 당분간 목을 과하게 사용하지 않았으면 좋겠어요. 만약에 재발할 수도 있으니까요."

"그렇게 하겠습니다."

"그리고 내가 도영 씨에게 부탁할 게 있습니다."

"뭐죠?"

"나는 도영 씨의 사례를 학회에 발표하고 싶은데 괜찮겠어요?"

"그건… 박사님 저는 배웁니다. 저는 제 이야기가 공개 석상에서 알려지는 걸 원치 않습니다."

"당연히 도영 씨의 이름을 밝히지는 않을 겁니다. 익명으로

할 생각이에요. 도영 씨의 증상은 학회에 보고되어야 된다는 게 내 생각입니다. 이런 증상이 있다는 것만으로도 연구의 가치가 충분하니까요. 우리나라 의학 발전을 위한 일이니 도영 씨가 도와주면 좋겠네요."

"…제 이름이 노출되지 않는다면 그렇게 하세요."

강도영이 이병웅의 눈을 바라보면서 허락을 했다.

자신의 상태가 의학 발전에 도움이 된다면 거절할 이유가 하나도 없었기 때문이다.

더군다나 그에게는 마음의 빚이 있었다.

비록 오래전 이야기였으나 그는 자신의 몸을 바꿔준 사람들에게 돌아가지 않았다.

여러 가지 이유를 대었지만 항상 마음속에는 미안함과 부끄러움이 숨어 있어 시도 때도 없이 불쑥불쑥 그를 괴롭혔다.

언젠가는… 언젠가는 그녀에게 돌아가야 한다는 생각을 하고 있었으나 당장 결행하기에는 너무나 많은 제약이 걸려 있어 아직까지 마음의 빚을 해결하지 못했다.

*　　　　*　　　　*

"강도영이 퇴원했다네요."

"이런, 씨발. 정말이야?"

"오늘 아침에 전화를 해봤는데 어제 저녁에 퇴원했대요. 의사 말로는 완쾌되었답니다."

"다 죽어가던 놈이 그렇게 쉽게 나을 수도 있는 거냐. 뭔가 잘못된 거 아냐?"

"글쎄요… 어쨌든 퇴원한 건 확실한 것 같습니다."

"완전히 좆 됐구만."

정한춘의 얼굴이 똥 씹은 얼굴로 변했다.

얼마나 시달렸는지 모른다.

강도영이 아픈 게 자신의 책임도 아닌데 천지사방에서 그를 향해 스트레스를 보내왔다.

당장 이수현은 시나리오를 쓰지 않겠다면서 다른 작품으로 바꾸라며 말도 안 되는 고집을 부렸고 국장은 매일같이 강도영의 상태를 체크해서 보고하라는 신경질을 냈다.

자신은 의사가 아니었는데도 말이다.

그가 이수현의 신작 신비한 남자의 담당 피디로 지명된 것은 벌써 3개월 전이었다.

TCN에서 유능하다는 평가를 받으며 여러 편의 드라마를 제작했지만 이수현 같은 작가를 만나지 못했기 때문에 대박을 터뜨리지 못하던 차라 국장의 명을 기쁜 마음으로 받아들였다.

그런데 한 달 전에 강도영이 쓰러지면서 상황이 백팔십도로 변하고 말았다.

그때부터 한 달 동안 미친놈처럼 뛰어다녀야 했다.

드라마 제작 과정은 그렇게 단순한 것이 아니었기에 사전 준비 할 것이 산더미처럼 많았는데 주연배우가 쓰러지자 순식 간에 난리가 났다.

만약의 사태를 대비해서 다른 배우를 섭외하는 것 자체가 커다란 일거리였다.

주연급 배우들은 대부분 바쁜 스케줄을 가지고 있었기 때 문에 노는 놈들을 찾는 건 쉽지 않은 일이었다.

더군다나 이수현의 작품이었고 TCN에서 회사 차원으로 지 원되는 작품이었기 때문에 톱스타가 필요했다.

겨우 사정사정해서 인기 정상을 달리는 이현을 섭외한 것 은 불행 중 다행이었다.

이현은 강도영과 레벨이 근본적으로 다른 배우였다.

강도영이 히어로의 흥행 성공으로 몸값을 바짝 올렸지만 이 현은 오랜 세월 동안 여러 작품에 출연하면서 인기를 구가했 기 때문에 인지도 면에서는 훨씬 뛰어났다.

더군다나 연기 능력도 수준급이라 그가 출연한 드라마는 대부분 성공 가도를 달렸는데 그가 죽자 사자 매달리자 영화 출연을 포기하고 출연하겠다는 약속을 해왔다.

물론 얻는 것이 있기 때문에 그랬을 것이다.

이수현의 작품에 출연한 후 시청률이 대박을 터뜨리면 광고가 산더미처럼 밀려들고 인기도 상종가를 칠 수 있기 때문이다.

누이 좋고 매부 좋고.

아직 계약을 한 건 아니지만 정한춘은 마음속으로 이현을 신비한 남자의 주인공이라 생각하고 있었다.

그런데 강도영이 갑자기 퇴원을 했다고 하니 멘붕이 일어났다.

그가 인상을 바락바락 쓰고 있자 앞에 있던 AD 하현종도 인상을 우그러뜨렸다.

그들은 한 팀이다.

이현을 섭외한 것은 정한춘 혼자 한 것이 아니라 실무 쪽은 그가 거의 움직였기 때문에 누구보다 이 상황에 대해서 잘 안다.

"피디님, 강도영이 퇴원을 했어도 당분간 움직이지 못할 겁니다. 워낙 크게 앓았기 때문에 휴식을 취해야 한다고 의사가 말했단 말입니다."

"그래서?"

"국장님한테 그렇게 보고하시죠. 퇴원은 했지만 드라마 촬영 때까지 들어오기 힘들다고 하면 국장님도 어쩔 수 없을 겁니다."

"넌 지금 이게 국장님만 해결하면 넘어갈 거라고 생각해?"

"그럼요."

"씨발, 이수현이가 가만있을 것 같아? 걔는 강도영 빠순이라고. 이년이 아무래도 뭔가 있는 것 같단 말이지."

"뭐가 있어요?"

"혹시 그 새끼, 이수현이랑 잔 거 아니냐?"

"설마요?"

"아니면 뭔데! 왜 그 새끼가 꼭 출연해야 된다고 지랄하냔 말이야. 좆도 그 새끼 퇴원한 거 알면 지랄할 텐데 큰일이네. 겨우겨우 대타로 이현을 쓰겠다고 달래놨는데 어쩌지?"

"음… 이젠 돌이킬 수 없는 거 아니겠습니까. 상황 설명하고 이 작가한테 양해를 얻어야죠."

"만약 끝까지 안 된다고 하면?"

"그땐 제가 찾아가서 눌러놓겠습니다. 걔는 섹스 좋아한다니까 왕성한 정력으로 깨끗하게 한 방 놓죠, 뭐."

"넌 인마, 이 마당에 그런 농담이 나오냐. 그리고 걔는 너 정도로 안 돼. 나라면 몰라도."

정한춘이 실소를 지으며 중얼거렸다.

그럼에도 얼굴에는 긴장감이 잔뜩 들어 있었다.

강도영이 출연할 수 있다면 자신은 속된 말로 쪼다가 될 가능성이 컸다.

이현 측에게도 설명할 길이 막막했고 워낙 촬영 일정이 빡빡해서 강도영이 몸을 회복할 때까지 기다렸다가는 계속해서 고전을 면치 못하기 때문이다.

강도영, 이 새끼.

모든 것은 무조건 강도영 때문이다.

신인이란 놈이 드라마 촬영을 앞두고 몸도 하나 제대로 간수를 못 해서 방송사를 엿 먹이다니 눈앞에 있으면 작살을 내고 싶은 심정이었다.

그때 그의 핸드폰이 요란하게 울리기 시작했다.

핸드폰 액정을 확인한 정한춘의 표정과 음성이 언제 그랬냐는 듯 변했는데 목소리가 살살 녹을 지경이었다.

"여보세요. 아, 이 작가님 안녕하세요. 어쩐 일이십니까?"

제33장
돌아온 목소리

　강도영은 퇴원한 후 곧장 집으로 갔다.

　의사의 소견으로는 10일 정도 안정을 취하는 게 좋다고 했기 때문에 서초동에 있는 본가로 들어갔다.

　정영숙은 강도영이 집으로 오자 지극 정성으로 그를 돌봤다.

　사람은 목이 아프면 아무것도 먹지 못한다.

　특히 강도영처럼 폴립이 생겨 목을 가로막고 고열과 고통이 심할 경우에는 아예 음식물을 섭취하기 어렵다.

　한 달 가까이 제대로 음식을 먹지 못했기 때문에 강도영의 몸은 홀쩍 야위어 보는 사람을 안타깝게 만들었다.

처음 이틀 동안 정영숙은 강도영을 위해 수시로 죽을 끓였으나 음식 섭취에 문제가 없다는 것을 알게 되자 보신탕과 백숙을 흐물흐물해질 정도로 푹 고아서 먹였다.

그녀의 정성으로 인해 강도영의 몸은 오 일이 지나자 정상을 되찾기 시작했는데 시간이 지나면서 점점 얼굴에 윤기가 돌았다.

그런데 이상하게 강도영의 얼굴이 묘한 변화를 보였다.

병원에 입원하기 전에도 거의 완벽한 외모였으나 폴립이 완전히 사라지고 난 후 그의 얼굴은 뭐라 설명하기 어려울 정도로 마력적으로 변해 있었다.

스스로 놀랄 정도로 말이다.

거울을 보던 강도영은 자신의 외모를 꼼꼼히 살피며 어떤 변화가 있었던 것인지 찾아보기 위해 노력했다.

미세하게 돌출되어 있었던 광대뼈가 보이지 않았다. 눈썹이 조금 더 많아진 것 같았고 입술도 조금 더 선명해졌다.

콧날 선이 부드러워졌다고 느껴진 것은 착각인지 모르겠으나 가장 큰 변화를 보인 건 눈이었다.

자신의 얼굴에 별이 떠 있었다. 너무나 선명해서 바라보기 어려울 만큼 더욱 부드럽고 매력적인 눈이 거울 속에서 자신을 바라보고 있었다.

휴우…….

정확한 건 알 수 없으나 마지막 제약으로 걸려 있던 DNA의 변화가 풀렸기 때문이란 생각이 들었다.

그렇지 않고서는 자신의 외모가 또다시 변할 이유가 없었다.

침상에 놓아두었던 전화벨이 울리기 시작한 것은 그가 거울에서 떠나 다시 침대 속으로 들어가려 할 때였다.

체력을 회복하기 위해서는 잠이 최선의 방법이라는 의사의 말을 그는 5일 동안 꾸준히 지켜왔다.

"여보세요?"

─강도영 씨죠?

처음 듣는 목소리다.

여자의 목소리는 허스키했기 때문에 나이를 추측하기가 어려웠다.

"예, 제가 강도영입니다. 그런데 누구시죠?"

─나는 이수현이라고 해요. 신비한 남자를 집필하고 있는.

"아, 작가님, 말씀 많이 들었습니다. 제가 먼저 인사를 드렸어야 했는데 사정이 있어서……."

─알고 있어요. 그래, 몸은 좀 괜찮아요?

"회복 중입니다. 많이 좋아졌어요."

─그럼 나하고 차 한잔할 수 있겠어요?

강도영은 정영숙의 걱정을 뒤로하고 이수현과 만나기로 한 장소를 향해 부리나케 달려갔다.

퇴원하는 날 이승환은 병원으로 찾아와 드라마 출연이 어렵게 됐다는 말을 했었다.

금방 촬영에 들어가야 하는데 병원에 오랫동안 있었기 때문에 방송사에서 다른 배우를 섭외했다는 것이었다.

계약이 깨지는 건 방송사의 책임이 아니었기에 이승환은 찍소리도 못했다고 한다.

충분히 이해가 갔다.

자신이 방송사 담당 피디라 해도 주연배우가 병원에 누워 있는 상황이었다면 다른 배우를 섭외했을 테니 말이다.

이승환은 무척 아쉬운 표정을 지었으나 서현탁은 오히려 잘 됐다는 표정을 숨기지 못했다.

놈은 누구보다 강도영을 걱정했기 때문에 무리해서 드라마에 출연하는 걸 병원에 있는 동안 계속해서 반대를 했었다.

강도영의 전화에 총알같이 달려온 서현탁은 차를 몰면서 입을 댓발이나 내밀었다.

그로서는 이미 물 건너간 상황에서 아직 체력이 회복되지 않은 강도영을 만나자는 이수현의 제안이 달갑지 않았기 때문이다.

"왜 만나자는 거냐. 쓸데없이?"

"모르겠어. 하지만 보자는데 거절할 수 없잖아."

"쓰벌, 안 좋은 소문이 자꾸 돌아. 이수현이 너를 드라마에 꽂아 넣은 게 특별한 이유가 있다는 거야."

"그건 또 무슨 소리냐?"

"내가 매니저들하고 술을 마셨는데 너랑 이수현이 그렇고 그런 관계라며 떠들더라. 씨발 놈들이 미친 소리를 하고 있더라니까. 그래서 내가 술상을 뒤집어 버렸다. 개새끼들 다 죽여 버리려다가 겨우 참았어."

"네가 어린애냐. 그런 소리에 흥분하게?"

"좆 같은 소릴 하고 자빠지니까 그렇지!"

"소문이 돌 만하잖아. 나도 이해되지 않는데 걔들이라고 이해되겠냐?"

"헐, 부처님 나셨네."

"이수현 작가가 섹스를 좋아한다고 하더라. 드라마 피디하고 불륜 관계가 있었다는 소문도 돌았대."

"그건 어디서 들었는데."

"사장님하고 윤 실장님이 이야기하는 걸 얼핏 들었어. 병실에 있을 때 내가 자는 줄 알고 두 분이 이야기하더만."

"씨발, 아무래도 조심해야겠다. 너 오늘 나가서 그 여자가 밥 먹자고 그러면 절대 먹지 마."

"밥 먹는 게 왜?"

"밥 먹다가 술 먹고, 너 정신 차리지 못할 때 저도 먹어달라고 할지 모르잖아."

"소설을 써라, 인마."

"하여간 조심하라고!"

*　　　*　　　*

약속 장소인 카페에 들어서서 이수현이란 이름을 대자 종업원이 그를 구석 자리로 안내해 주었다.

거기에는 흰색 투피스를 입은 여자가 앉아 있다가 강도영이 다가서자 천천히 일어나는 게 보였다.

섹시하다.

이수현의 나이가 41살이라는 걸 알지 못했다면 삼십 대 초반으로 봤을 만큼 몸매도 좋았고 피부도 탱탱했다.

"도영 씨, 어서 와요."

"처음 뵙겠습니다. 강도영입니다."

"정말 잘생기셨네요. 화면에서 본 것보다 훨씬 좋은데요."

"감사합니다."

강도영이 병원에서 퇴원한 후 만난 사람들은 그렇게 많지 않았다.

외모가 다시 한 번 진화한 것을 느낀 것은 항상 같이 붙어 다녔던 서현탁과 부모님뿐이었다.

그것도 콕 집어서 말하지 못할 정도의 변화였기에 그들조차도 강도영의 외모가 변했다는 사실을 입 밖으로 말하지 못했다.

원래 잘생겼던 얼굴이었으니 병을 앓고 나서 조금 다르게 보일 거라는 착각을 했기 때문이다.

그랬으니 이수현은 오죽할까.

"내가 차 산다고 했으니까 오늘 계산은 내가 할게요. 뭐 마실래요?"

"커피 마시겠습니다."

강도영의 대답을 들은 이수현이 종업원에게 커피를 시킨 후 강도영을 빤히 쳐다봤다.

그녀는 탐색하듯 강도영의 얼굴과 몸을 구석구석 살폈는데 서현탁의 말대로 잡아먹기 위해서는 아닌 것 같았다.

이수현의 입이 다시 열린 것은 종업원이 가져온 커피를 한 모금 마신 후였다.

"상태는 괜찮은 것 같고. 컨디션 얼마나 올라와 있죠?"

"70% 정도 되는 것 같습니다."

"이야기 들었어요?"

"무슨……."

"신비한 남자 주인공으로 다른 배우를 섭외했다는 거 말이에요."

"예, 들었습니다."

"방송사에서 도영 씨가 입원한 것 때문에 촬영이 어렵다고 애걸복걸하는 바람에 내가 할 수 없이 그러라고 했어요."

"…예."

"하지만 단서를 붙여놓은 게 있어요. 도영 씨가 촬영 전까지 퇴원해서 나온다면 무조건 도영 씨를 쓰겠다고 내가 못 박아놓았어요. 어때요. 난 도영 씨를 쓰고 싶은데 할 수 있겠어요?"

"할 수 있습니다."

"다른 사람들이 떠드는 거 나도 잘 알고 있어요. 내가 도영 씨를 쓰는 게 '섹스 파트너기 때문이라는 소문이 떠돌더군요."

"말도 안 되는 소문입니다. 그런 거 신경 쓰지 마세요."

"맞아요. 그동안 하도 나에 대한 말들이 많아서 이제 그런 건 아예 상종을 안 해요. 하지만 도영 씨는 반드시 알고 있어야 할 것 같네요. 내가 도영 씨를 쓰고 싶어 하는 건 내 이야기의 주인공으로 도영 씨가 적격이라는 판단 때문이었어요. 다시 말해서 내 욕심 때문이죠. 내 작품이 빛을 발하게 만드는 배우를 쓰고 싶어 하는 아집이라고나 할까. 처음 도영 씨를 본 건 커피 광고 때였어요. 그때 첫눈에 알아봤죠. 도영 씨의 눈에 들어 있는 진한 감성과 표정의 생생함을 말이에요. 용의 칼과 히어로도 봤고 자동차 광고를 비롯해서 다른 광고들을 보면서 확신이 들었어요. 도영 씨는 누구보다 내 작품에 어울리는 배우라는 걸."

그녀의 말을 듣고 강도영은 아무 말도 하지 않았다.

그렇구나. 그녀는 나를 이렇게까지 높게 평가해 주고 있구나.

그런 것도 모르고 서현탁과 함께 떠들며 혹시 그녀가 자신을 다른 쪽으로 생각하고 있을지 모른다는 생각을 했다는 게 부끄러워졌다.

"남들이 그런 착각을 할 만큼 도영 씨는 정말 잘생겼네요. 맞아요, 나 섹스 좋아해요. 하지만 아무리 잘생겨도 연하는 사양이에요. 나는 중년의 푸근함에 반응하는 스타일이거든요. 그러니까 도영 씨, 아무런 부담 갖지 말아요. 알았죠?"

*　　　　*　　　　*

방송사에서 회사로 출연이 결정되었으니까 대본을 보낼 테니 준비하라는 연락이 온 것은 그로부터 이틀 후였다.

이승환과 윤척욱은 펄쩍펄쩍 뛰며 좋아했지만 서현탁은 입술을 삐죽거리며 못마땅한 표정을 지었다.

대본 리딩은 출연이 결정된 후 5일 후였기에 방송사가 안달이 난 게 충분히 이해될 만큼 일정이 촉박했다.

강도영은 출연이 결정된 후 대본을 받아 들고 서초동의 본가에서 나와 서현탁과 함께 양재의 빌라로 돌아갔다.

출연이 결정된 이상 최선을 다해 배역 속으로 들어가야 한다.

신비한 남자의 대본은 10화까지 나와 있었다.

워낙 집필 속도가 늦은 이수현이기 때문에 아직 나머지 6화는 집필되지 않았다고 한다.

대본은 완성되지 않았으나 정신을 잃고 빠져들 정도로 재밌었다.

대사는 톡톡 튀었고 시청자들이 궁금증에 미쳐죽을 만큼의 재미와 흥밋거리들로 가득 차 있었다.

신비한 남자는 말 그대로 정체를 알 수 없는 남자가 주변 사람들과 겪어가는 일상과 사랑에 관한 드라마였다.

남자는 엄청 잘생긴 외모를 지닌 백수였는데 시간이 지날수록 양파 껍질이 벗겨지듯 하나씩 자신의 능력을 내보이며 사랑을 키워간다는 내용이었다.

주인공의 성격은 밝고 명랑했고 숨겨진 비밀 때문인지 묘한 신비로움을 간직한 남자였다.

수십 번도 넘게 대본을 읽었다.

서현탁이 사다 주는 도시락을 먹어가며 강도영은 빌라에서 나오지 않고 오직 대본과 전쟁을 치르듯 배역에 빠져들었다.

배우의 생명은 배역에 감성을 완벽하게 맞출 때 살아 숨 쉬게 된다는 것을 누구보다 강도영은 잘 알고 있었다.

저녁을 먹고 마지막으로 다시 한 번 대본을 읽었다.

좋아진 머리 때문인지 수십 번을 읽고 나자 이제는 보지 않고도 대본을 외울 수 있었으나 글이 가지고 있는 생명력을 느끼기 위해서 천천히 대본을 훑어나갔다.

서현탁은 저녁을 먹고 집을 나간 후 들어오지 않았다.

오랜만에 정인화와 데이트가 있다고 했는데 놈은 분명 11시가 다 되어야 돌아올 것이다.

대본을 끝까지 읽은 후 부엌으로 가서 커피를 탔다.

드디어 내일, 대본 리딩이 끝나면 본격적인 촬영에 들어가기 때문에 이제는 편히 쉬고 싶었다.

커피를 마시던 강도영이 방 한쪽에 놓여 있는 기타를 들었다.

비록 노래를 하지는 못했지만 목소리를 잃어버린 후로도 계속 기타를 쳐왔기 때문에 기타를 손에 들자 자신의 일부처럼 익숙함이 느껴졌다.

그의 기타 실력은 전문가 뺨칠 정도로 뛰어났다.

노래를 부르지 못하는 대신 시간이 날 때마다 기타를 연주

했기 때문에 악보를 보지 않고도 수십 곡은 완벽하게 연주가
가능했다.

*　　　　　*　　　　　*

박수미의 빌라에 친구들이 쳐들어온 것은 저녁 6시 무렵이
었다.

오늘이 그녀의 생일이었기 때문이다.

대학 다닐 때부터 몰려다니던 박세영과 조미영은 지금까지
한 번도 그녀의 생일을 그냥 넘긴 적이 없었다.

그녀들의 나이는 31살로 한참 팔팔한 처녀들이었다.

예전 같았으면 노처녀라고 손가락질 받을 나이였으나 지금
은 오히려 젊은 축에 속한다.

부유한 집안, 그리고 좋은 대학교를 나와 컴퓨터 회사에 입
사한 그녀는 일 년 전에 이곳 빌라로 이사 왔는데 회사와 가
까웠기 때문이다.

빌라라고 하지만 고급스러움과는 조금 동떨어진 집이었다.

비록 새로 지었기 때문에 깔끔하게 단장되어 있었으나 25평
에 불과했기 때문에 전세는 2억이 조금 넘을 정도였다.

박세영과 조미영은 먹을 걸 잔뜩 싸들고 와서 직접 저녁상
을 차려 그녀를 즐겁게 만들어주었다.

다음 순서는 박수미가 미리 준비해 놓은 안주와 함께 술을 마시는 것이었다.

예전에는 매일 만나 수다를 떨었지만 사회에 들어온 지 7년 차가 되자 2주에 한 번 만나기도 어려웠기 때문에 할 말은 쌔고 썼다.

맥주를 마시며 직장 이야기를 했고 대학 친구들에 관한 수다를 떨다가 연예인 이야기가 나왔다.

"수미야, 네가 좋아하는 강도영이 이번에 신비한 남자에 출연한다고 하더라. 알고 있었니?"

"당연히 들었지. 이수현 거라서 완전 기대 중이야."

"히어로에서는 카리스마 작렬이었는데 이번에는 어떤 모습을 보여줄지 궁금하네."

"걔는 뭘 해도 잘 어울릴 거야. 워낙 표정 연기가 좋잖아. 목소리도 좋고."

"그런데 걔는 언론에 모습이 보이지 않아. 전혀 뭘 하고 있는지가 안 나온단 말이야. 신비주의 작전인가?"

"영화배우들은 원래 연예 프로그램에 잘 안 나와. 인기 없는 사람들이나 나와서 얼굴 비추는 거라고."

"호호… 그래도 강도영같이 잘생긴 놈이 화면에 자주 잡혀야 우리 같은 처녀들 밤이 덜 외로울 거 아니니. 나는 걔가 텔레비전에 좀 나왔으면 좋겠어. 어… 그런데 무슨 소리 안 들리니?"

"야, 야. 조용해 봐. 기타 친다!"

박수미가 연신 떠들던 친구들을 손으로 제압한 후 자리에서 벌떡 일어나더니 닫혀 있던 거실 창문을 활짝 열었다.

그러고는 귀를 쫑긋 세우고 들려오는 선율을 듣기 위해 눈을 지그시 감았다.

"왜 그래?"

"우리 빌라에 기타 뮤지션이 살거든. 요즘 들어 안 쳐서 궁금했는데, 돌아온 모양이다."

"기타 뮤지션?"

"그래. 하여간, 조용하고 들어봐. 죽여주니까."

　　　　*　　　　　*　　　　　*

정인화는 예쁜 얼굴과 다르게 성격이 털털한 편이라 아무거나 잘 먹었다.

강도영이 한 달 가까이 앓는 바람에 서현탁은 그의 곁을 잠시도 떠날 수 없었는데 오늘은 작정하고 약속을 잡았다.

그녀가 좋아하는 감자탕집은 언제나 사람들로 북적였다.

그러나 다른 때와는 다르게 서현탁은 정인화를 데리고 당당하게 홀로 들어가 자리를 잡았다.

강도영과 다닐 때는 식당에 들어갈 때마다 사람들 눈치를 보느라 정신이 없었고 밥을 먹을 때도 귀로 들어가는지 코로 들어가는지 알 수 없을 정도로 긴장을 해야 했다.

그들이 식당에 들어섰으나 아무도 쳐다보지 않았다.

한편으로는 즐거웠고 한편으로는 서운하다는 생각도 들었다.

스타와 함께 다니다 보니 자신도 모르게 사람들의 시선을 받는 게 익숙해졌던 모양이었다.

자리를 잡고 앉아 감자탕을 시키고 물을 따르자 예쁜 얼굴에 웃음을 잔뜩 짓고 있던 정인화가 말도 안 되는 소리를 불쑥 꺼냈다.

"자기야, 오늘따라 자기 무척 멋있어 보인다."

"어이구, 웬일이세요. 언제는 못생겼다고 구박하더니만."

"호호… 아무래도 내 눈에 콩깍지가 쓰였나 봐."

"오랜만에 보니까 좋아서 그래. 나 도영이 병수발 하느라고 십 년은 늙었어."

"참, 도영 씨 괜찮아?"

"응, 많이 좋아졌어. 그놈 요새 컨디션이 좋아. 목소리를 되찾았거든."

"그런데 그게 무슨 말인지 모르겠어. 목에 물혹이 있는 거하고 목소리하고 무슨 상관이야?"

"목소리를 높이면 함몰되어 있던 용종이 부풀어 오르면서 엄청난 고통을 주었거든. 그래서 그놈이 노래를 못 불렀던 거야."

"맞아, 도영 씨 노래 엄청 잘했었는데. 그럼 이제 도영 씨 노래할 수 있겠다. 그치?"

"글쎄, 두고 봐야지. 의사가 가급적 목을 사용하지 말라고 그랬어. 그래서 당분간 노래는 못 할 거야."

"이번에 드라마 출연한다며?"

"그렇게 됐네. 다른 놈으로 교체되었다가 다시 도영이가 출연하는 거로 결정되었어. 이수현 작가가 도영이 아니면 안 쓰겠다고 국장을 협박했대."

"헐, 그 여자 대단하다. 도영 씨한테 사심 없다고 그랬다면서. 역시 대박 작가는 뭔가 달라도 다른가 봐."

"이 자식, 괜찮을지 모르겠어. 아프고 나서 무리하면 재발할지도 모르는데."

"현탁 씨, 회당 8천이라는 거 정말이지?"

"그렇다니까. 거의 특급 스타 수준이라고. 우리 도영이가 이제 그 정도 네임밸류가 생겼다는 거지. 정말 대단하지 않아?"

서현탁이 어깨를 으쓱하며 자랑스러운 표정을 지었다.

그는 강도영의 출세가 자신이 한 것처럼 좋은 모양이었다.

정인화의 표정이 살짝 흔들린 것은 다른 생각을 가졌기 때문임이 분명했다.

"그럼 현탁 씨는 얼마를 받는 거야?"

"나?"

"그래, 현탁 씨 말이야. 내가 계산해 보니까 1억 3천 정도 되던데 맞아?"

"이 여자 보시게. 벌써 그런 것까지 전부 계산하셨네."

"힝, 당연히 챙겨야지. 우리 애인이 얼마나 버는지 소상하게 알고 있어야 다른 짓 못 하게 만들지."

"어떤 다른 짓?"

"또 알아, 나 모르게 돈 많다고 바람피울지. 그러면 정말 죽는다!"

"하이고, 무서워라. 여보세요, 난 인화 씨로 만족하거든요. 나 같은 남자가 어디 가서 인화 씨처럼 예쁜 여자를 만날 수 있겠어. 그러니까 걱정 마세요."

"히힛, 현탁 씨는 이럴 때 보면 오빠 같단 말이지. 남편감으로 매우 만족스러워."

정인화가 서현탁의 너스레를 들으며 활짝 웃었다.

벌써 사귄 지 8년째다.

사귀자마자 애를 가졌다면 벌써 초등학교에 들어갔을 정도로 긴 세월을 두 사람은 사랑하고 있었다.

더군다나 서현탁은 정식으로 부모님께 인사까지 하고 딸을 데려가겠다는 약속까지 했으니 그녀에게는 남편이나 다름없는 사람이었다.

"그런데 현탁 씨. 나 언제 데려갈 거야?"

"조금만 더 기다려 줘. 도영이 스케줄이 워낙 빡빡하게 짜여 있어서 내년까지는 안 될 것 같아. 그리고 난 인화 씨를 내 집에서 살게 해주고 싶어. 지금 부지런히 모으고 있으니까 내 후년 정도면 괜찮은 집을 살 수 있을 거야."

"집을 사서 나를 안주인으로 모시겠다는 거야?"

"응."

"좋아, 그럼 기다릴게. 대신, 청혼부터 해. 무작정 기다리기 힘드니까 예쁜 반지 가져와서 정식으로 청혼해 줘."

"그런 건 깜짝 이벤트로 해야 되는 거잖아."

"난 그런 거 필요 없으니까 날짜 정해서 가져와. 그날 미련 없이 다른 짓 못 하게 임신해 버릴 테니까."

*   *   *

강도영은 기타를 들고 그가 가장 좋아하는 기타리스트이자 세계적인 거장 마틴 테일러의 대표곡 'true'를 연주했다.

마틴 테일러는 재즈뿐만 아니라 핑거 스타일에서 락까지 전 방위로 활동하는 천재 뮤지션으로 그의 음악은 장르를 가리지 않았다.

'true'는 그의 대표곡이며 가장 사랑받는 곡이기도 했다.

곡 전반에 깔려 있는 자유로움은 영혼을 정화시킬 정도로 아름다웠고 경쾌하면서도 서정적인 음률은 사람들의 눈을 저절로 감게 만들 만큼 유연하고 매혹적이었다.

강도영은 음률에 맞춰 한 음 한 음 정성스레 현을 뜯었다.

음악은 강약과 느리고 빠름의 조화 속에서 이루어진다. 하지만 사람들을 사로잡게 만드는 것은 그것들이 절묘하게 조화되며 감정과 동화될 때 생긴다.

음악이 주는 감성 속으로 들어간 강도영은 지그시 눈을 감고 광고를 찍을 때 봤던 괌의 아름다운 노을과 애리조나 사막에서의 노을을 생각했다.

두 노을은 각각의 분위기와 장면이 달랐으나 그에게 똑같은 감동을 주었다.

인간으로 살아가면서 느끼는 자유를 말이다.

그가 'true'의 연주를 마치고 잠시 동안 음악의 여운을 즐기다가 뒤이어 연주한 것은 요시마타 료의 'what a coincidence'였다.

이 곡은 영화 냉정과 열정 사이의 삽입곡으로 강도영이 가장 좋아하는 곡이었다.

잔잔하면서도 평화롭고 연주를 하는 내내 즐거움에 빠져들게 만드는 마력.

요시마타 료의 곡이 대부분 그렇지만 그는 단조로움 속에서 아름다움을 찾아내는 능력으로 본다면 세계 최고라고 평가할 만했다.

두 곡을 연이어 연주한 강도영은 기타를 내려놓고 이미 식어버린 커피를 마셨다.

그런 후 창밖을 바라봤다.

커튼이 치워진 창밖은 새카만 어둠 속에서 별빛이 반짝이고 있었다.

무슨 생각 때문이었을까.

"음… 음……."

가볍게 목소리를 내던 강도영이 점점 음을 키워갔다.

사람이 호기심의 동물이란 말은 절대 틀리지 않았다. 의사가 당분간 목을 사용하지 말라고 부탁했으나 강도영은 자신의 목 상태를 수시로 체크하며 목소리를 올렸다.

된다. 그리고 목소리를 잃어버렸을 때보다 훨씬 더 맑고 깨끗한 소리가 나왔다.

기뻐서 혼자 만세까지 불렀다.

목소리를 찾았다는 건 그토록 부르고 싶던 노래를 할 수 있다는 뜻이었다.

처음부터 무리를 하지는 않았다.

다만, 자신의 목 상태를 확인하기 위해 천천히 그리고 조금씩 더 계속해서 음을 올리며 연습을 해왔다.

남아 있던 커피를 모두 마셔 버린 강도영은 천천히 기타를 무릎 위로 끌어 올렸다.

그러고는 능숙하게 현을 뜯었다.

음률이 살아서 나오기 시작했다.

그의 손끝에서 시작된 음들은 처량했고 너무나 아름다웠다.

바로 전설적인 싱어송 라이터 SG워너비의 '살다가'란 노래의 전주곡이었다.

*   *   *

집주인인 박수미가 대화를 멈추고 기타 소리를 듣기 위해 귀를 기울이자 박세영과 조미영도 대화를 멈췄다.

어둠을 뚫고 날아드는 기타의 절묘한 화음.

창문을 활짝 열어놓아선지 기타에서 생성된 음들이 하나하나 살아서 그녀들의 가슴속으로 들어왔다.

곡의 이름을 알지 못했지만 그저 듣고 있는 것만으로도 작곡가가 어떤 감성으로 만들었는지 알 수 있을 것 같았다.

그만큼 낯선 사람이 기타로 전해준 감성은 쉬리의 마지막 장면을 연상시킬 만큼 아름다웠고 촉촉한 감동을 선사해 주었다.

하지만 두 번째 곡이 시작되었을 때 그녀들의 멈추었던 대화가 시작되었다.

아무리 기타 음이 아름다워도 수다를 떨어야 직성이 풀리는 여자들의 본능을 막지 못한다.

"수미야, 저 사람 누구니?"

"몰라."

"야, 금방 들어도 아래층에서 들리는 건데 모른단 말이야. 오다가다 봤을 거 아니야?"

"정말 이상해. 나도 궁금해서 계속 기웃거려 봤는데 한 번도 본 적이 없어. 아무래도 나하고 출퇴근 시간이 다른가 봐."

"그럼 남잔지 여잔지도 모르겠네."

"히힛, 그러네."

박수미가 계면쩍은 표정으로 웃음을 짓자 친구들의 대화를 듣고 있던 박세영이 불쑥 나섰다.

"볼 것도 없이 남자야. 여자는 저렇게 연주할 수 없어."

"왜?"

"딱 들어보면 모르겠니. 음은 아름답지만 여자만이 가지고 있는 섬세함이 없단 말이지. 대신 힘이 있잖아."

"웃기고 있네. 기타가 무슨 힘이 있다고 그래. 어디서 싸구려 이론을 들고 나와. 이것아, 너 여자라면 어쩔래?"

"남자라니까. 더욱 결정적인 증거가 있다."

"뭔데?"

"내 마음이 흔들렸다고. 저 아름다운 선율에 말이야. 나 아무래도 저 남자 만나러 내려가 봐야겠다. 이대로는 너무 궁금해서 안 되겠어."

"시끄러워, 이년아. 집주인인 나도 아직 못 봤는데 어디서 설레발이야."

"호호… 이것이 생각은 있었나 보네."

"너도 궁금해하는데 나는 안 그렇겠니. 그래도 이대로가 좋아. 알지 못하는 사람이 주는 선물은 더욱 보석처럼 아름다운 법이니까. 어떤 사람인진 몰라도 이렇게 기타 연주를 듣고 있으면 행복해져 있는 나 자신을 발견하곤 해."

"그렇겠다. 이거 괜히 부러워지네. 확 그냥 나도 이곳으로 이사 올까 부다."

"야, 연주 끝났다. 또 할라나?"

조미영이 기타 연주가 끝나고 아무런 소리가 나지 않자 아쉽다는 표정을 지으며 박수미에게 시선을 보냈다.

하지만 박수미는 그저 눈만 멀뚱거리며 뜨고 있을 뿐이었다.

점쟁이도 아니고 기타 연주하는 사람이 더 할지 그만할지 어떻게 안단 말인가.

그녀의 표정에 조미영이 싱긋 웃었다.

자신이 생각해도 질문이 이상했기 때문이다.

"저 정도로 연주할 정도면 기타리스튼가 봐. 난 음악 하는 사람들 부럽더라. 사람 마음을 들었다 놓잖아."

"너도 늦지 않았어. 지금이라도 하면 된다."

"야, 다 늙어서 그걸 어떻게 해. 하다가 늙어 죽겠다. 어… 안 끝났나?"

박수미가 조미영을 향해 신경질을 내다가 주먹을 거둬들였다.

아래쪽에서 또다시 기타 소리가 들리기 시작했는데 이번 곡은 이전에 연주했던 것들과 근본적으로 분위기가 다른 것이었다.

익숙한 음률.

어디선가 들어봤던 아름다운 기타 음이 송곳처럼 날아와 그녀들의 귀에 꽂히기 시작했다.

문제는 구슬프게 펼쳐지던 전주곡이 끝나자 남자의 노랫소리가 들리기 시작했다는 것이었다.

너무 놀란 박수미가 친구들을 바라보면서 황당하다는 표정을 지었다.

그러나 친구들은 이미 남자의 노래에 빠져 반응을 보이지 않았는데 처음부터 남자의 노래는 그녀들의 영혼을 단숨에 장악하며 정신을 차리지 못할 정도의 충격을 주었기 때문이다.

'살다가'.

누군가를 떠나보낸 사람들에게 보내는 주옥같은 슬픔의 향연.

사람들은 누구나 이별을 한다. 하지만 그 이별은 사랑하는 사람의 기억을 지울 수 없으며 죽을 때까지 그리움이란 고통을 남긴다.

남자의 입에서 쏟아져 나온 그 고통이 노래가 되어 그녀들의 심장을 사정없이 유린하기 시작했다.

저절로 입이 벌어졌고 정신은 허공 저편으로 날아가 지금 어디에 있는지조차 알 수 없을 정도로 변했다.

남자의 노래가 점점 정점으로 치달을수록 그녀들의 눈이 새빨갛게 변하기 시작했다.

그러더니 박세영의 눈에서 눈물이 흐르기 시작했다.

하지만 눈물을 흘린 건 나머지도 마찬가지였다.

남자의 목소리가 공간을 넘어 그녀들의 마음속에 들어 있는 상처를 사정없이 후벼 팠다.

견딜 수 없었다.

두 달 전 떠나간 애인의 존재가 서러웠고, 앞으로 그녀들의 인생에서 다가올 이별들이 가슴을 먹먹하도록 아프게 만들며 눈물이 솟아나게 만들었다.

이윽고 남자의 노래가 끝났을 때 박수미와 조미영은 아무 말도 못 하고 멍하니 앉아 있었다.

차마 어떤 말로 표현하지 못할 노래였다.

남자의 노래는 신이 그녀들을 위로하기 위해 전해준 선물로 여겨질 만큼 아름다웠고 슬픈 것이었다.

끝없이 솟아나는 눈물을 닦지 못했다.

가운데 앉아 있던 박세영이 기어코 대성통곡을 하면서 서럽게 울어댔기 때문이다.

그녀는 3개월 전 위암으로 죽음을 맞이한 아버지를 그리워하고 있는 게 분명했다.

그랬기에 박수미는 박세영을 말없이 끌어안고 등을 두드려줬을 뿐이었다.

박세영의 울음은 한참 동안 지속되었다.

"아빠… 흑, 흑… 아빠… 보고 싶어요."

워낙 오랫동안 사귀었기 때문에 누구보다 그녀가 하늘나라로 떠난 아빠를 사랑했다는 걸 알고 있었다.

박세영은 틈 날 때마다 아빠 같은 사람이 있다면 두말없이 결혼하겠다고 할 정도였으니 그녀의 사랑은 의심할 여지가 없었다.

얼마나 울었을까.

눈알이 새빨갛게 변한 박세영이 천천히 울음을 그치더니 어색하게 친구들을 향해 웃음을 보였다.

하지만 이미 그녀의 앞에는 눈물 콧물을 닦아낸 화장지가 수북하게 쌓여 있었다.

박수미가 울음을 그친 박세영을 보면서 한숨을 길게 내쉬었다.

그녀의 생일 파티가 남자의 노래로 인해 눈물바다로 변해 버렸으니 기가 막혀 말도 나오지 않았다.

괜히 신경질이 나기 시작했다.

남자가 있는 아래층에서는 더 이상 소리가 나지 않았는데 쥐 죽은 듯이 조용해져 있었다.

"뭐냐, 쟤는?"

"기타리스트라며, 저런 애가 기타리스트냐, 이 바보야!"

"이씨, 지금까지 한 번도 노래한 적 없었으니까 그렇지. 기타만 잘 치는 줄 알았지 누가 노래까지 할 줄 알았겠냐고."

"그나저나 끝내준다. 도대체 사람이 노래를 저렇게 할 수도 있는 거니?"

펑펑 울었던 박세영이 어느새 정신을 차리고 친구들을 바라봤다.

나름대로 멘탈이 강하다고 생각했는데 자신을 통곡하도록 만들어 버린 남자의 노래가 지금도 믿기지 않은 모양이었다.

"내가 노래를 좋아해서 웬만한 가수들의 목소리는 전부 아는데 저 사람 목소리는 처음 들어봐. 아무래도 유명 가수는 아닌 것 같단 말이지. 가수 지망생인가?"

"야, 저 정도 실력 가지고 가수 지망생이란 게 말이 된다고 생각해?"

"그럼 뭔데?"

"그건 나도 모르지."

조미영이 입을 주욱 내밀고 고개를 흔들었다.

정체를 알 수 없는 사내.

그녀들의 심장을 저격할 만큼 뛰어난 실력을 지닌 사내에 대한 궁금증이 파도처럼 밀려와 그녀들을 혼란스럽게 만들었다.

그때 불쑥 박세영이 자리에서 일어났다.

"도저히 안 되겠다."

"뭐 하려고?"

"수미야, 접시 어디 있냐. 접시!"

박세영이 부엌 쪽으로 가면서 접시를 찾았다.

그랬기에 덩달아 박수미와 조미영이 자리에서 일어나 그녀를 향해 다가갔다.

"접시는 뭐 하려고?"

"케이크 담아서 가봐야지. 어떻게 생긴 작잔지 내 눈으로 직접 확인해 봐야겠어."

"너 미쳤어!"

"지금 이 상황은 잠시 미친년이 되도 충분히 이해되는 상황이다. 뭐, 니들도 방금 봤잖아. 나 미친년처럼 운 거. 따라올래, 아니면 나 혼자 갈까?"

*   *   *

강도영은 노래를 끝낸 후 슬며시 배어 나온 자신의 눈물을 닦았다.

얼마나 하고 싶었던 노래였는지 모른다.

퇴원하고 목소리가 제대로 나오는지 시험은 계속해 왔지만 실제로 노래를 부른 건 이번이 처음이었다.

노래와 동화되어 감정이 이입되었기 때문인지 자신도 모르게 가슴 아픈 이별을 한 사람이 되어 눈물이 슬그머니 솟아났다.

목소리는 칼날같이 뻗어 나왔고 목에 통증은 전혀 느껴지지 않았다.

눈물을 닦자 배시시 웃음이 새어 나왔다.

생각 같아서는 부르고 싶었던 노래를 계속해서 원 없이 불러보고 싶었지만 이병웅 박사가 조심하라며 거듭 당부했던 것이 생각났기 때문에 슬그머니 기타를 내려놓았다.

그러다 창문이 활짝 열려 있는 것이 눈에 들어왔다.

아차.

6월에 들어서면서 기상 이변 때문인지 날씨가 더워 창문을 열어놓고 있었다는 걸 깜박하고 말았다.

자신이 그랬으니 다른 사람들도 마찬가지로 창문을 열어놨을 가능성이 컸다.

3동으로 구성된 빌라는 6층 건물이었기 때문에 이렇게 큰 목소리로 노래를 부른 이상 빌라 전체가 들었을지 모른다.

갑작스럽게 걱정이 몰려들었다.

이곳으로 이사 오면서 회사에 자신의 빌라에 대해 절대 새어 나가지 않도록 비밀로 해달라고 부탁하면서 스스로도 사람들이 보지 않도록 최대한 모자를 눌러쓴 채 왕래가 뜸한 시간을 정해 움직였다.

서현탁이 귀찮아했지만 밴을 주변 공영 주차장에 파킹한 것도 그런 이유 때문이었다.

그런데 이런 실수를 했으니 머리를 쥐어박을 만큼 한심한 일이었다.

전화기를 노려봤다.

노래 때문에 한동안 시끄러웠기 때문에 경비실에서 주민들의 원성이 담긴 전화가 올지 몰랐다.

하지만 전화기는 울리지 않았다.

대신 그를 깜짝 놀라게 만들 정도로 큰 초인종 소리가 울렸다.

*   *   *

갑론을박.

세 여자는 박세영의 겁 없는 도발을 결국 받아들이고 옷을 갈아입었다.

최대한 편한 복장으로 주저앉아 술을 마셨기 때문에 낯선 남자를 만나기 위해서는 아름답게 변신하는 것이 반드시 필요했다.

연예인답게 미친 외모를 가진 것은 아니었으나 평균 이상의 외모를 지녔으니 웬만해서는 퇴짜를 맞지 않을 거란 자신감도 있었다.

더군다나 이웃사촌 아닌가.

생일 케이크까지 접시에 받쳐서 들어가면 남자는 절대 불쾌하게 여기지 않을 것이란 생각도 들었다.

이야기가 잘 통하면 남자의 집에 들어가 맥주라도 한잔하며 상세한 정보도 얻을 수 있을지 모른다는 생각에 그녀들은 과감하게 계단을 내려갔다.

"아우 떨려."

"야, 밀지 마."

"히힛, 이왕이면 무지 잘생겼으면 좋겠다."

"왜?"

"난 노래 잘하는 남자에게 약하거든. 그런데 더 약한 게 잘생긴 사람이야."

"얼씨구, 놀고 있네."

"너무 구박하지 마라. 독수공방된 지 벌써 2년이 다 되어간다. 나도 이제 괜찮은 사람 만나서 연애를 시작해야 되지 않겠냐. 혹시 모르잖아. 우연이 인연이 되어 내가 시집가게 될지."

"이것아, 찬물도 위아래가 있는 법이야. 넌 우선순위에 대해서 전혀 생각이 없는 모양인데 여긴 내 나와바리라고. 얻다 대고 숟가락을 척 올려놓고 있어!"

조미영이 눈을 오므리며 상상의 나래를 펼치자 박수미가 나서며 그의 상상을 확실하게 깨버렸다.

아직 시집을 가지 못한 건 마찬가지였기 때문에 그녀는 일단 자신의 우선권을 확실하게 주장했다.

계단을 타고 내려가는 그녀들의 발걸음이 허공에 붕 뜬 것 같았다.

술기운으로 박세영의 도발에 찬동했지만 막상 계단을 타고 남자의 집으로 내려가자 마구 가슴이 떨리기 시작했다.

현관 앞에 도착한 그녀들은 서로의 눈을 바라보며 상대방을 향해 사정없이 눈짓을 보냈다.

막상 내려왔지만 고양이의 목에 방울을 달 사람이 필요했기 때문이다.

결국 크게 숨을 들이켠 후 초인종을 누른 건 입주자 대표인 박수미였다.

띵동.

초인종을 두 번 누른 박수미가 불에 덴 사람처럼 급하게 한 걸음 뒤로 물러섰다.

그녀는 사고를 치고 부모한테 혼나기를 기다리는 어린아이 같이 초인종을 누른 채 안절부절못하고 있었다.

잠시 시간이 지나자 안에서 사람의 발소리가 들렸다.

그러더니 조금 있자 남자의 목소리가 흘러나왔다.

"누구세요?"

"위층 사는 사람인데요. 케이크를 조금 가져왔어요."

"케이크요?"

"오늘 노래하시는 거 들었어요. 너무 좋았거든요. 그리고 오늘 마침 제 생일이라 노래 들은 값으로 케이크를 드리고 싶어서 왔어요."

떨렸지만 박수미가 용기를 내어 방문 목적을 확실하게 전달했다.

하지만 안에서는 더 이상 인기척이 들리지 않았다.

'휴우…….'

얼굴도 안 보고 퇴짜를 맞은 건가. 아니면 무리한 방문 때문에 기분이 상한 건가.

현대사회는 개인주의가 워낙 강해서 사생활을 침해받는 걸 극도로 싫어했기 때문에 그런 걱정이 불쑥 들었다.

그때, 조심스럽게 문이 열리며 빛이 쏟아져 나왔다.

정말 빛이다.

남자의 전신에서 뿜어져 나온 빛은 마치 오로라 같았다.

현관을 통해 나온 남자를 제일 먼저 확인한 박수미가 입을 떠억 벌렸고 뒤늦게 강도영을 확인한 박세영은 들고 있던 접시를 부여잡고 부들부들 떨기 시작했다.

"저… 저, 혹시 강도영 씨 아니세요?"

"맞습니다."

"아이고……."

"옴마나!"

*   *   *

서현탁은 택시를 잡아타고 부리나케 빌라로 향했다.

오랜만에 만난 정인화였지만 나름대로 서둘렀기 때문에 마지막까지 모든 행사를 마칠 수 있었다.

일을 치르자마자 10분 만에 자리에서 일어나는 그를 보면서 정인화는 아무 말도 하지 않았다.

강도영을 걱정하는 그가 이제는 당연하게 느껴졌기 때문이다.

어느 날부턴가 강도영이 미워졌다.

자신의 애인과는 다르게 창공을 훨훨 날아가는 독수리처럼 비상하는 그가 서현탁과 비교되었기 때문이다.

친구를 따라다니며 고생하는 서현탁이 불쌍해서 견딜 수 없었고 자신의 미래가 암담하다는 걸 느끼면서 그 모든 미움에 대한 화살이 강도영에게 향했다.

워낙 두 사람이 친한 사이란 걸 알고 있었음에도 서현탁이 청혼조차 하지 못하는 이유가 그에게 있다고 생각했다.

뒤늦게 알았다.

두 사람이 단순한 친구 사이가 아니라는 것을.

강도영은 자신이 번 돈을 오직 친구라는 이유 하나로 나눠주었다.

지금 서현탁이 가지고 있는 돈은 벌써 4억에 가까웠다. 계약금으로 준 것과 광고에서 벌어들인 수익이 배분되었기 때문에 불과 2년 만에 번 돈이었다.

말도 안 되는 일이다.

아무리 친한 사이라 해도 4억이란 돈을 아무런 조건 없이 줄 수 있다는 것은 결코 쉬운 일이 아니었다.

그녀가 알기로 로드 매니저들의 연봉은 겨우 2천만 원 수준이었는데 서현탁은 강도영의 배려 때문에 그 10배를 벌고 있었다.

더군다나 계약금을 2억이나 줬다는 건 직접 말은 하지 않았지만 그녀에게 청혼할 수 있게 만들려는 강도영의 배려임이 분명했다.

서현탁은 웃으면서 배웅하는 정인화를 지하철역까지 데려다 준 후 곧장 택시를 잡아탔다.

강도영이 걱정되었기 때문이다.

놈은 퇴원한 지 얼마 되지 않아서 드라마 출연이 결정되었는데 마치 미친놈처럼 대본 속에 파묻혀 있었기 때문에 건강이 걱정되어 정인화와 같이 있으면서도 줄곧 불안했다.

자꾸 나쁜 상상이 들었다.

혹시 갑자기 안 좋아져서 쓰러져 있을지 모른다는 생각이 들자 온몸에 소름이 돋아났다.

택시에서 내려 허겁지겁 빌라로 향했다.

현관문은 도어록이 설치되어 초인종을 누를 필요가 없기 때문에 비밀번호를 누르고 현관문을 열었다.

그때 거실에서 왁자지껄한 소음이 들려왔다.

그것도 목소리는 대부분 여자의 것이었다.

너무 놀라 잠시 멈칫했다가 백 미터 달리기 선수처럼 신발을 벗어던지고 안으로 뛰어 들어갔다.

그러자 강도영이 여자들 틈에 섞여 맥주를 마시고 있는 것이 보였다.

"너… 너, 이게 뭐냐?"

놀란 눈으로 묻자 강도영이 손짓으로 그를 불렀다.

그의 얼굴은 너무 태연해서 전혀 똥 싼 놈처럼 보이지 않았다.

"민원 해결 중이야. 팬 관리 차원이기도 하고. 이분들 내 팬이래."

"그런데 술은 왜 마셔!"

"그거야 비밀 지켜달라고 아부하는 중이지. 내가 사고를 쳤거든."

*   *   *

대본을 읽은 건 강도영도 읽었지만 서은경도 끌로 박은 듯 읽었다.

그녀는 대본을 읽으면서 강도영의 스타일을 고민해야 했기 때문에 주인공의 성격과 상황에 맞춰 의상을 준비했다.

오랜 연예계 생활을 경험하면서 배우들이 피디와 작가들에게 혼나는 것을 수도 없이 봐왔다.

평범한 주부의 역할을 맡은 여배우가 화려한 의상을 입고 대본 리딩 장소에 나왔다가 쫓겨난 일화는 이 세계에서 아주 유명했다.

대본 리딩일 아침.

서은경은 강도영에게 청바지와 면 티를 입혔다.

주인공이 백수였기 때문에 그에 맞춰 준비했다고 했는데 막상 입어보니 맞춘 것처럼 꼭 들어맞았다.

하지만 서은경은 강도영이 면 티를 입은 걸 보고 대뜸 인상을 찌푸렸다.

"안 되겠다. 벗어라."

"왜요?"

"이건 완전히 부자집 귀공자같이 보이잖아. 도영아, 너 무슨 일 있었니?"

"무슨 일이 있어요?"

"예전부터 잘생겼지만 왠지 최근 들어 더 얼굴이 빛나는 것 같단 말이야. 안 되겠어. 일단 벗고 이거 입어봐."

그녀가 주섬주섬 가방에서 검은색 계열의 티를 꺼냈다.

그러고는 사정없이 강도영의 티를 벗겨내고 그 옷을 입혔다.

"이건 좀 낫네. 아이고, 널 어쩌면 좋냐. 이렇게 허름한 옷을 입혀도 후광이 팡팡 쏟아져 나오니……."

"누나, 너무 그러지 마요. 얼굴 빨개집니다."

"개뿔, 그건 겸손도 아니니까 입에 발린 소리 하지 마. 나니까 버티는 거지 다른 여자들은 널 보면 오줌까지 쌀 거야. 현탁아, 안 그러냐?"

"그러게 말입니다. 조물주도 무심하시죠. 누군 저런 외모를 줬는데 나는 이 모양 이 꼴이니 앞으로는 절대 성당이나 교회, 절 같은 데 안 갈 생각입니다."

"그러지 마라. 혹시 아니, 하나님한테 열심히 기도드리면 쟤처럼 변하게 만들어줄지 어떻게 알아. 그러니까 딴맘 먹지 말고 하루에 한 시간씩 자기 전에 간절히 기도해 봐. 될는지 모르겠지만."

"어이구, 누나나 열심히 기도하세요. 사돈 남 말 하지 마시고요!"

제34장
신비한 남자

　강도영은 대본 리딩 일정이 잡혀 있는 오후 2시보다 40분 먼저 방송사에 도착했다.

　TCN의 방송국은 여의도에 있었는데 새롭게 단장해서 초현대식 건물로 변해 있었다.

　경비의 칼 같은 거수경례를 받은 후 엘리베이터를 타고 리딩실로 올라갔다.

　리딩실은 13층에 있었다.

　치열하게 산다는 것.

　처음부터 가지고 태어난 게 아니라 천운으로 만들어진 운명이었으니 언제나 치열하게 살고자 노력해 왔다.

지금도 마찬가지다.

비록 인기를 얻게 되어 드라마의 주인공으로까지 발탁되었으나 단 한순간도 교만하거나 나태하게 살지 않을 생각이었다.

문을 열고 들어서자 드라마 스태프들이 대본을 책상에 깔며 분주하게 움직이는 것이 보였다.

그사이로 여러 명의 어린 친구들이 서 있다가 강도영이 들어서자 부리나케 인사를 해왔다.

구십 도로 꺾이는 허리.

그들의 눈에는 강도영이 하나님과 동기 동창 정도로 보인 모양이었다.

"선배님, 안녕하세요."

"아, 안녕하세요. 반가워요."

한눈에 알 수 있었다. 그들이 드라마에 출연하는 신인들이란 것을.

지금 눈앞에 있는 신인들은 주인공들의 고등학교 시절을 연기하기 위해 온 것이 분명했다.

자신도 그런 적이 있었지만 그들은 몸을 경직시킨 채 한쪽에 도열해서 들어오는 선배들을 맞이하고 있었다.

일일이 악수를 해주었다.

황공하다는 듯이 내민 손을 겨우 붙잡은 그들의 손이 왠지 차갑게 느껴졌다.

강도영이 들어오고 난 후 배우들이 하나씩 들어오기 시작했다.

신비한 남자의 첫 화는 주인공들의 고등학교 시절 에피소드가 대부분을 차지한 후 마지막 끝부분에 가서야 강도영이 나오는 것으로 되어 있기 때문에 오늘 대본 리딩에 올 사람들은 그리 많지 않았다.

잠시 기다리자 선생님 역을 맡은 중견 배우 이동훈이 나타났다.

그는 드라마에 카메오로 출연을 많이 했는데 방송계에서는 마당발이었다.

뒤이어 주요 배역 중 하나인 하숙집 주인 국민 엄마 전혜숙이 나타났고 신은서와 강민경이 모습을 드러냈다.

강민경은 선배들에게 인사를 먼저 한 후 강도영에게 다가와 활짝 웃었는데 너무나 반가워하는 모습이었다.

그 모습을 보면서 신은서가 살짝 눈살을 찌푸렸다.

그녀는 강도영에게 가볍게 묵례만 하고 자기 자리로 돌아간 후 더 이상 시선을 주지 않았지만 강민경은 허물없이 대화를 나누며 옆자리에 털싹 앉았기 때문이다.

                    *   *   *

　신비한 남자의 첫 장면은 주인공인 이강산이 강남의 명문
고로 전학 오는 장면부터 시작되었다.

　부유한 학교답게 푸른 잔디가 깔려 있는 운동장으로 걸어
들어온 이강산은 하늘을 바라보며 중얼거린다.

　"대장, 이번이 마지막 학교겠지?"

　드라마의 포문을 여는 주인공의 대사는 그의 배경에 뭔가
있다는 암시를 담고 있었다.

　이강산은 전학 온 날부터 큰 키에 잘생긴 얼굴로 여학생들
의 관심을 한 몸에 받았지만 일진들의 괴롭힘을 받기 시작한
다.

　다른 여학생들처럼 관심을 가졌던 여자 주인공 유태희는
그가 일진들에게 힘 한번 못 쓰고 비굴하게 당하는 장면을
보자 이강산에게 냉정하게 대한다.

　유태희는 재벌 랭킹 15위에 올라 있는 대성그룹 회장의 손
녀로서 명문고의 퀸카로 이름을 날리고 있는 여학생이었다.

　얼굴만 예쁜 것이 아니라 성적도 세 손가락 안에 들 정도로
똑똑해서 남학생들은 함부로 그녀에게 접근조차 하지 못할
정도였다.

　유태희는 전교 1등이면서도 일진들에게 괴롭힘을 당하는

정현수와 이강산에게 경쟁을 붙이며 일진들과 당당히 맞서면 사귀겠다는 선언을 한다.

그 와중에 이강산은 월등한 축구 실력으로 반을 축구 대회에서 우승시키는 놀라운 운동신경을 보여준다.

유태희의 실망이 더 커진 것은 이강산이 그런 운동신경을 가졌으면서도 일진들에게 비굴하게 굴복하는 짓을 계속했기 때문이다.

그녀는 약한 체격임에도 그녀와의 교제를 위해 당당하게 일진들과 맞서는 정현수와 사귀게 된다.

졸업하는 날.

똑같이 S대에 합격한 유태희와 정현수가 데이트를 마치고 집으로 돌아올 때 일진들이 그들을 포위하며 나타난다.

일진들이 정현수를 괴롭힌 것은 바로 짱이었던 놈이 유태희를 남몰래 사랑했기 때문이다.

일진들을 상대하기 위해 복싱을 배웠던 정현수가 유태희를 가로막고 격렬하게 반항했지만 결국 피투성이가 되어 쓰러졌을 때 이강산이 나타나 무시무시한 싸움 실력으로 7명의 일진들을 단숨에 제압한다.

그리고 마지막 대사를 끝으로 고등학교 시절이 끝나게 된다.

"태희야, 밤길 조심해야지. 예쁜 얼굴 다칠 뻔했잖아. 난 떠난다. 아마 엄청 오래 걸릴 거야. 널 좋아했어. 사정이 있어서 네가 원하는 걸 해줄 수 없었지만 좋아했던 거 사실이다. 만약에 다시 만나게 된다면 그땐 잘해볼게. 자, 그럼 난 이제 가봐야겠다. 잘 있어라. 안녕!"

충격으로 인해 하염없이 이강산의 뒷모습을 바라보는 유태희의 시선.

그 시선에 담긴 것은 정말로 좋아했던 한 남자에 대한 미련과 안타까움이었다.

*   *   *

강도영은 미련하게 고등학교 시절을 찍는 촬영 현장을 줄곧 따라다녔다.

자신의 배역을 완벽하게 연기하기 위해서는 고등학교 시절에 대한 촬영이 어떻게 진행되는지 직접 눈으로 봐야 한다는 생각을 가졌기 때문이다.

자신의 파트가 아닌데도 따라다닌 사람은 그 말고도 또 한 명 있었다.

바로 이강산의 고등학교 짝꿍이자 둘도 없는 친구 역을 맡은 허재용이었다.

그는 잘생긴 얼굴은 아니었으나 워낙 연기력이 좋아 드라마에 수시로 얼굴을 내미는 배우였다.

그가 잘생긴 얼굴이 아님에도 연예계에서 살아남은 이유를 알 것 같았다.

벌써 여러 편의 드라마를 소화한 경험이 있음에도 이렇게 자신의 파트가 아닌 장면을 보기 위해 달려드는 열정이 있었으니 배우로서 충분한 자격이 있는 사람이다.

"괜찮은데요. 애들 액션 신이 장난이 아닙니다. 특히 저놈 발차기가 날이 서 있지 않아요?"

"그러네요."

어느새 불쑥 다가온 허재용이 강도영을 향해 말을 붙여왔다.

그는 나이가 같았고 배역이 둘도 없는 절친이라 그런지 처음 대본 리딩 때 본 이후로 강도영에게 살갑게 다가왔다.

그가 지목한 사람은 자신의 고등학교 시절을 연기하는 천재호를 말하는 것이었다.

21살이라고 했던가.

아직 어렸기 때문인지 고등학생 연기가 자연스러웠는데 허재용의 말처럼 꽤 고난도의 액션 신을 무난하게 소화하고 있었다.

그럼에도 자신의 눈으로 봤을 때는 한참 부족했다.

나름대로 훈련을 하고 왔겠지만 그가 영화 촬영을 위해 오랜 시간 준비해 왔던 액션 신에 비한다면 어른과 아이의 차이만큼 리얼리티가 부족했다.

그래서 그런가, 정한춘은 계속해서 NG 사인을 내며 얼굴을 붉혔다.

꽤나 유능하고 베테랑이라더니 장면을 집어내는 능력이 상당히 좋은 피디였다.

우여곡절 끝에 6번 만에 액션 장면이 끝나는 걸 보면서 강도영이 정한춘에게 인사를 한 후 발길을 돌렸다.

*　　　　*　　　　*

드라마의 촬영 일정은 영화와 다르게 빡빡하게 짜여 있었다.

정한춘을 비롯해서 조연출과 스태프들은 촬영이 끝나고도 다음 신을 찍기 위해 날밤을 까는 경우가 허다했는데 정해진 방송 날짜를 맞추기 위해서는 어쩔 수 없다는 소리를 들었다.

강도영이 세트장에 나타나자 먼저 와 있던 신은서와 그녀의 동생 역을 맡은 최희정, 전하연이 인사를 해왔다.

강도영이 출연하는 시점은 고등학교를 졸업하고 10년이 지난 후였다.

주인공 이강산은 2년 전부터 하숙 생활을 했는데 오늘 촬영 장면은 친오빠처럼 생각하는 하숙집 동생들과의 생활이 주 내용이었다.

신은서는 남모르게 강도영을 향해 미소를 지었지만 대놓고 반가움을 표현하지는 않았다.

아직 그들의 관계는 최측근들을 제외하고 심지어 소속사도 모를 정도로 완벽하게 숨겨져 있었기 때문에 그녀는 강도영을 만날 때마다 조심했다.

재미있는 건 그녀의 이름과 여자 주인공의 이름이 같다는 것이었다.

우연이라면 우연이겠지만 강도영은 그녀의 이름을 자연스럽게 부를 수 있어서 너무 좋았다.

비록 드라마지만 사랑하는 사람의 이름을 스스럼없이 부를 수 있다는 것이 꽤나 즐겁게 느껴졌다.

정한춘은 국민 배우 하숙집 주인 역을 맡은 전혜숙이 모습을 드러내자 깍듯하게 인사를 하고 막바지 촬영 준비를 지시했다.

*   *   *

"밥 먹으라는 소리 안 들려. 꼭 두 번씩 부르게 할래!"

"어, 밥. 알았어."

방문이 확 열리면서 신은서가 나타나 강도영을 향해 소리를 질렀다.

강도영은 부스스한 머리로 만화책을 보고 있다가 그녀의 외침에 천천히 침대에서 일어났다.

마루에는 전혜숙과 두 딸이 건너오는 신은서와 강도영을 영화 감상 하듯 열심히 바라보고 있었다.

강산이 슬그머니 밥상머리에 앉자 둘째 딸 은영 역을 맡은 최희정이 대뜸 째려보며 입을 열었다.

"그렇게 만화가 재미있냐?"

"응."

"나이가 몇인데 아직도… 쯧쯧."

한심하다는 얼굴로 최희정이 혀를 차자 옆에 있던 전혜숙이 나서며 강산을 향해 부드럽게 말했다.

"배고플 텐데 어서 먹어."

"고기가 없네."

밥상을 휘이 둘러본 강도영이 입을 주욱 내밀며 한마디 하자 사방에서 살기에 찬 눈초리가 날아왔다.

특히 체포에 혁혁한 공을 세운 신은서는 도끼눈을 부릅떴다.

"그냥 안 먹을래!"

"요새 영양이 부족해서 얼굴이 푸석거려. 난 영양 보충이 필요하다고."

전혜숙이 웃으며 끼어든 것은 신은서의 주먹이 반쯤 올라 갔을 때였다.

"미안해, 내일은 불고기 준비할게."

"엄마는 미안하긴 뭐가 미안해. 하숙비도 밀린 주제에 자꾸 반찬 투정 하고 있어. 엄마, 이 기회에 강산 오빠 내쫓자. 니들 생각은 어때?"

"난 찬성."

"에이… 그건 너무했다. 불쌍한 백수 오빠 너무 구박하지 말자, 우리."

막내인 은수 역을 맡은 전하연이 숟가락을 흔들었다.

*   *   *

신은서는 최희정과 전하연을 옆에 두고 강도영이 운동하는 장면을 지켜봤다.

강도영이 저녁을 먹고 마당에서 운동하는 장면이었는데 위 통을 벗고 아령과 역기를 번갈아 가며 드는 장면이었다.

팽팽하게 당겨진 차돌 같은 잔근육들.

선수들처럼 불끈불끈 솟아난 근육들이 아니라 전신에 알 알이 배어 있는 아주 멋진 근육들이었다.

거기에다 복부에 생생하게 수놓아진 임금 왕 자는 그야말로 여심을 뒤흔들어 놓을 만큼 환상적인 것이었다.

신은서는 호흡이 가빠지는 것을 느꼈다.

키스는 여러 번 했지만 아직 그와는 잠자리를 가지지 않았기 때문에 벗은 몸을 보는 건 이번이 처음이었다.

옆에서 촬영을 위해 대기하고 있던 최희정과 전하연의 입에서 침 넘어가는 소리가 살짝 들렸다.

조심하려고 했지만 막상 강도영의 벗은 몸을 보자 저절로 긴장이 되었던 모양이었다.

하긴 그럴 만도 하다.

저런 남자의 몸매를 보면서 가슴 설레지 않을 여자가 누가 있겠는가.

이윽고 정한춘의 손이 올라가자 지체 없이 최희정의 입이 열리며 대사가 시작되었다.

"잘 빠졌다?"

"그렇긴 한데 백수잖아."

"조용히 안 할래!"

막내인 전하연이 혼잣말처럼 중얼거리자 기다렸다는 듯 최희정이 백수 타령을 늘어놓았다.

그러자 옆에 있는 동생들을 향해 신은서가 도끼눈을 떴다.

몰래 훔쳐보는 것을 들키지 않기 위한 그녀의 표정 연기가 조금은 과장되게 보일 정도로 컸다.

거기에는 강도영의 벗은 몸을 본 그녀들을 향한 분노가 가득 담겨 있었다.

"좋아, 오케이. 다음 장면은 바로 가자고."

한 장면이 끝나자 정한춘이 곧바로 배우들을 향해 소리를 질렀다.

물 흐르듯 자연스럽게 진행되는 연기에 그는 매우 만족한 웃음을 짓고 있었는데 그 소리를 들은 신은서가 침을 꿀꺽 삼켰다.

다음 장면은 그녀에게 있어 너무 민망한 장면이었기 때문이다.

정한춘의 사인에 맞춰 강도영이 땀으로 가득 찬 몸과 얼굴을 씻은 후 빨랫줄에 걸려 있는 수건으로 얼굴과 목을 닦았다.

그러다가 옆에 걸려 있는 여자 팬티를 발견하고 신기한 눈으로 열심히 쳐다보기 시작했다.

그 모습을 보면서 신은서가 얼굴을 붉혔다.

비록 드라마였지만 빨랫줄에 걸려 있는 팬티가 정말 자신의 것처럼 여겨졌기 때문이다.

강도영이 빤히 팬티를 쳐다보다가 이윽고 그곳에 손을 내밀자 누군가 알몸을 만진 것처럼 온몸에 전기가 흘렀다.

얼굴이 붉어져 온몸이 으슬으슬 떨렸다.

그럼에도 그녀는 방문을 박차고 뛰어나가며 정해져 있는 대사를 뿜어냈다.

"야… 너 뭐 해!"

신은서가 뛰어나오는 것을 본 강도영이 기겁을 하며 방으로 도망친 후 문을 닫고 온 힘을 다해 문고리를 붙잡았다.

뒤늦게 따라온 신은서가 소리를 빽빽 질렀다.

"오빠, 정말 문 안 열어!"

"그거 네 거냐?"

"그러니까 왔지, 이 웬수야!"

"일부러 그런 거 아니야. 전혀 다른 뜻이 없었다니까."

"시끄러워. 어디 만질 게 없어서 여자 속옷을 건드려, 너 성도착증 있니!"

강도영의 방어를 뚫고 들어온 신은서가 어느새 들고 있던 빗자루를 마구 휘둘렀다.

강도영이 얼떨결에 빗자루를 잡은 건 벌써 얻어맞은 만큼 얻어맞은 후였다.

"우리, 말로 하자."

"오빤 말로 해선 안 돼!"

"야, 넌 잘했냐. 신체 건강한 청년이 버젓이 살고 있는 집에 그런 걸 떡하니 걸어놓으면 어쩌라고. 넌 견물생심이란 말도 못 들어봤어!"

씩씩대며 돌아온 신은서가 빗자루를 휙 집어 던지고 마루로 올라오자 기다리던 최희정이 기대에 찬 시선으로 물었다.
"해치웠어?"
"거의 반쯤 죽여놓았다."
그때 뒤늦게 난동을 확인한 전혜숙이 궁금하다는 표정으로 중간에서 끼어들었다.
"도대체 무슨 일이니?"
"강산 오빠가 큰언니 팬티를……."
"야!"
전혜숙의 질문에 아무 생각 없다는 듯 막내 전하연이 대답하자 신은서의 목소리에서 비명이 흘러나왔다.
하지만 전하연은 끝끝내 자신의 말을 끝냈다.
"전부 걸려 있었는데 강산 오빠가 귀신같이 큰 언니 걸 집더라니까."
"설마 강산이가 일부러 그랬겠니."
"내가 봐도 일부러는 아니고, 수건 옆에 걸려 있다 보니까 호기심에 만져본 것 같아."
"그렇겠지. 강산이 그런 애 아니다."

"엄마가 저 인간을 몰라서 그래."

"너 참 이상해. 그렇게 얌전한 애가 강산이만 보면 왜 못 잡아먹어서 안달이니?"

"나두 그게 이상해. 언니는 강산 오빠가 미워 죽겠나 봐."

"저 인간이 나를 그렇게 만든다니까!"

"언니야, 백수 오빠 너무 구박하지 마."

"아, 그러고 보니 내일이 토요일이네?"

"맞다!"

"무슨 일 있니?"

"엄마도 알잖아, 강산 오빠 토요일이면 외출하는 거. 도대체 어딜 가는 거지?"

"신경 꺼라, 백수 주제에 갈 데가 어디 있을라고."

최희정의 궁금증에 신은서가 대뜸 나서며 손을 흔들었다.

"또, 그런다. 강산이 완전 백수 아니야. 일도 해."

"무슨 일?"

"글쎄, 어떤 날은 흙을 잔뜩 묻혀 가지고 오고… 어떤 날은 생선 냄새도 나고… 물어봐도 대답을 안 해서 잘 모르겠어. 하지만 일하는 건 확실해."

"하기야 하숙비 내려면 일을 해야겠지. 그래도 그렇지 생각 나면 일하냐. 젊은 사람이 열심히 일해서 돈 벌 궁리를 해야지."

"그래도 일한다니까 다행이네, 기특하구만."

전하연이 편을 들면서 나서자 전혜숙의 입에서 한숨이 나왔다.

"강산이도 제대로 된 직장을 빨리 가져야 되는데 걱정이다."

"엄만, 요즘 취직하기 하늘에 별 따기야. 대학도 못 나왔다는데 어딜 취직하겠어. 가만… 강산 오빠 토요일마다 데이트하나?"

"걔가 무슨 돈이 있다고 데이트를 하겠니."

"강산 오빠, 잘 빠졌잖아. 혹시 알아, 돈 많은 아줌마랑 바람이라도 났는지."

"얘는 말도 안 되는 소릴 하고 있어!"

신은서가 나선 것은 전혜숙의 말을 받으며 동생들이 드라마 쪽으로 고개를 돌렸을 때였다.

"걱정 마, 엄마. 내일 저 인간 뭐 하는지 내가 확실하게 알아올 테니까."

첫 회분의 모든 촬영이 끝나자 정한춘의 입에서 긴 한숨이 흘러나왔다.

전혜숙의 연기는 물 흐르듯 부드러웠고 신은서와 동생 역을 맡은 최희정과 전하연도 너무 예쁘게 자연스러웠다.

최희정과 전하연은 여자 배우들 중에서 상당한 연기력을

가졌고 인기도 꽤 높은 배우들이었다.

특히 막내이자 고등학생 역을 맡은 전하연은 아역 배우 출신이었기 때문에 벌써 연기 경력이 10년 차였는데 국민 동생이라고 불리기까지 했다.

그러나 그를 가장 즐겁게 만든 것은 강도영이었다.

히어로를 세 번이나 돌려보며 강도영의 특징을 파악했을 때 상당한 걱정이 들었다.

히어로에서 보여준 강도영의 카리스마는 무자비할 정도였기 때문에 신비한 남자의 캐릭터인 엉뚱하고 유쾌한 것과 너무 상반되었기 때문이다.

하지만 그런 걱정은 기우에 불과했다.

어쩜 저렇게 자연스럽게 연기할 수 있을까란 생각이 들 정도로 강도영은 진짜 여동생들을 대하듯 코믹 연기를 보여주었다.

5일간의 촬영 끝에 첫 회분이 마무리되었으니 하루를 쉰 후 2회분의 촬영에 들어가야 한다. 앞으로 5개월 동안은 집에 들어가지 못할 정도로 강행군을 해야 되지만 걱정이 되지 않았다.

강도영과 신은서, 그리고 주요 배역을 맡은 배우들이 탄탄했기 때문에 오늘도 NG는 채 10번이 넘지 않았다.

더군다나 막상 촬영이 시작되지 자신감이 마구 피어났다.

이수현은 정말 물건이다.

처음 대본을 봤을 때도 재미있다고 느꼈지만 막상 촬영에 들어가 배우들이 연기를 하자 대사들이 전부 통통 튀었고 신선해서 보는 내내 즐겁게 일할 수 있었다.

마지막 끊는 장면도 절묘했다.

시청자들로 하여금 다음 화를 볼 수밖에 없도록 만드는 그녀의 엔딩 신은 작가들 중에서 최고였다.

*   *   *

신비한 남자는 앞으로 2달 후부터 방송되는 것으로 편성표가 짜여 있어 최대한 많은 분량을 찍어놔야 한다.

보통 드라마는 일주일에 한 편씩 찍기 때문에 특별한 일이 없으면 10화까지 찍은 후 방송한다는 게 정한춘의 계획이었다.

2화의 주 내용은 신은서가 이강산이 주말마다 무얼 하는지 추적하는 것과 은영의 대학 친구와의 미팅, 카페에서 가수로 아르바이트를 하는 장면 등이었다.

강도영은 흑석동으로 이동해서 촬영 준비를 했다.

하숙집의 배경이 흑석동이라 거기서부터 신은서의 추적이 시작되기 때문이었다.

흑석동에서 시작해서 과천에 있는 경마장까지 가는 과정.

이 과정에서 촬영에 등장하는 배우는 강도영과 신은서가 전부였기 때문에 오늘 촬영분에서 나오는 배우는 경마장에서 우연히 만나는 친구 한석만 역의 허재용이 유일했다.

촬영장에 나타난 신은서는 청바지 차림에 노란색 티를 입고 있어 마치 대학생으로 보일 정도로 청초했다.

그녀는 오늘 촬영 대부분이 강도영과 단둘만의 신이기 때문인지 즐거운 표정을 숨기지 못하고 있었다.

"도영 씨, 나 오늘 저녁 한가해요."

살짝 다가온 신은서가 묘한 웃음을 지으며 속삭였다.

자신도 모르게 웃음이 새어 나왔다. 항상 바쁜 스케줄로 시간 내기가 어려운 그녀가 먼저 이렇게 데이트 신청하는 건 드문 일이었다.

"뭐 하고 싶어요?"

"맛있는 거 사줘요. 그리고 오랜만에 우리 술 한잔해요."

"알았어요. 그럼 이따가 촬영 끝나고 우리 아지트에서 만나요."

아지트는 그들이 자주 가는 카페를 말한다.

압구정동에 있는 '로즈'는 연예인들이 자주 드나드는 곳으로 철저하게 보안이 유지되기 때문에 얼굴이 노출될 가능성이 적었다.

촬영은 단순했지만 힘들었다.

가족들에게 이강산을 추적하겠다고 선언한 후 신은서가 마치 스파이처럼 따라가는 장면이었는데 걷는 장면이 워낙 많았기 때문에 촬영이 끝나자 녹초가 될 지경이었다.

더군다나 마지막 촬영은 사람들이 북적이는 경마장이었기에 정한춘을 비롯한 스태프들은 구경하러 몰려드는 사람들을 막느라 생고생을 했다.

그 과정에서 NG가 수도 없이 났다.

강도영과 신은서는 물론이고 스태프들까지 추적 장면을 처음부터 새로 찍느라 발바닥이 아플 정도로 힘든 촬영이었다.

촬영을 마친 신은서가 먼저 떠나고 난 후 강도영이 피디와 스태프들에게 인사를 한 후 밴에 올라탔다.

서현탁은 아직 데이트가 있다는 걸 몰랐기 때문에 밴에 타자마자 집으로 직행하려 했다.

"현탁아, 압구정동으로 가자."

"왜?"

"데이트 있어. 그러니까 너도 나 거기다 내려놓고 인화 씨랑 데이트하고 와."

"야, 오늘은 웬만하면 참지그래. 너무 많이 걸었잖아."

"인마, 사랑하는 사람하고 데이트하는데 그게 문제냐. 그리고 난 괜찮아. 그 정도는 아무것도 아니야."

"어련하시겠어. 자식이, 얌전한 고양이 부뚜막에 먼저 올라간다더니 아주 살판났구만."

"크크크……."

"오늘은 진도 좀 빼는 거냐?"

"상황 보고. 하긴 벌써 사귄 지 일 년이 넘었는데도 너무 진도가 나가지 않았네. 이러다가 차이는 거 아닌지 모르겠다."

"잘해, 인마. 너희 둘은 사람들이 항상 주시하고 있다는 거 잊지 말고."

*　　　　*　　　　*

서현탁이 '로즈'에 떨어뜨리고 번개처럼 사라지자 강도영은 빠르게 정문을 통해 가게 안으로 들어갔다.

어스름한 저녁이었지만 로즈는 벌써 한밤중처럼 깜깜했다.

조명이 어둡다.

일부러 그런 건지, 사람의 얼굴을 식별하기 어려울 정도로 조명이 흐렸고 모든 칸이 룸으로 만들어져 사람들과 접촉하기 어려운 구조였다.

가게로 들어가 신은서의 이름을 대자 종업원이 아무런 말도 없이 그를 화이트로즈라 쓰여 있는 룸으로 안내했다.

'로즈'는 밥도 먹고 술도 마실 수 있는 가게였기 때문에 데이트를 이곳에서 모두 끝낼 수 있었다.

"왜 이렇게 늦었어요. 20분이나 기다렸잖아요."

"금방 따라온 건데… 현탁이가 안전 운전이 인생 목표라서요. 하하하……"

입술을 내미는 신은서를 향해 강도영이 웃음으로 때우며 자리에 앉았다.

일단 맞은편에 앉았지만 밥을 먹고 나면 자연스럽게 자리를 옮겨 그녀의 옆자리로 이동할 것이다.

신은서는 여배우답게 입이 짧았다.

하긴, 마음껏 먹었다면 이렇게 완벽한 몸매를 유지하기는 어려웠을 테지만 식사 시간이 되면 그녀는 언제나 음식의 반 이상을 고스란히 남겼다.

파스타와 스테이크를 시켜서 나눠먹은 후 맥주를 시켰다.

종업원이 맥주와 간단한 안주를 놓고 돌아가는 걸 본 강도영이 슬그머니 자리를 옮겨 그녀의 옆자리에 앉았다.

이제 종업원은 그들이 부르지 않는 한 다시는 나타나지 않을 것이다.

"오늘 고생했죠. 시원하게 한잔해요."

"다리 아파 혼났어요."

"대충 따져봐도 5㎞는 걸은 것 같아요. 지금까지 그렇게

NG가 많았던 건 처음이었어요."

강도영이 목이 마른 듯 그녀가 따라준 맥주를 한입에 떨어넣은 후 천천히 신은서의 다리를 향해 손을 내밀었다.

그녀가 움찔했으나 강도영은 신은서의 몸을 벽 쪽에 기대게 한 후 다리를 들어 올려 부드럽게 주무르기 시작했다.

그 상태에서 두 사람은 장난을 하며 맥주를 마셨다.

사심에서 비롯된 것이 아니라 그녀의 피로한 다리를 풀어주기 위한 순순한 의도였으나 그도, 그녀도 점점 시간이 지나자 이상한 기분에 사로잡히기 시작했다.

술기운 때문이 아니다.

남녀가 이렇게 어두운 곳에 앉아 있었으니 사랑의 호르몬이 마법을 부린 게 틀림없다.

강도영이 그녀의 입술을 탐하기 시작한 것은 안마를 하는 동안 신은서의 눈이 붉게 충혈된 후부터였다.

기다렸다는 듯 신은서가 강도영의 키스에 반응을 해왔다.

뜨거운 입맞춤.

신은서는 불같은 강도영의 입술을 받으면서 조금씩 숨소리가 거칠어지기 시작했다.

그때 강도영의 손이 조금씩 올라와 그녀의 가슴을 쓸어내렸다.

옷 위로 만지던 손길이 옷을 파고들어 브라 안으로 들어간 것은 신은서가 거칠어진 숨소리를 참지 못하고 작게 신음을 낼 때였다.

신은서의 가슴은 고무공처럼 탄력적이었고 오똑하게 솟아오른 유두는 콩처럼 작았다.

한참 동안 그녀의 가슴을 만지던 강도영이 천천히 그녀의 입술을 탐하던 입을 떼었다.

부드러운 음성.

하지만 입에서 나온 말은 연애 초보답게 황당한 것이었다.

"어때요, 이 정도면 진도 많이 나간 거죠?"

"바보."

"더 나가요?"

"우린 벌써 일 년도 넘었다고요. 그런데 이 정도 해놓고 칭찬받을 거라 생각했어요?"

"그럼요?"

"이씨… 그걸 내 입으로 어떻게 말해요!"

＊　　　　＊　　　　＊

둘째 날 촬영은 추적을 마친 신은서가 가족들에게 푸념하는 장면과 경마장에서 갔던 것을 추궁하며 이강산에게 화를 내는 장면, 이강산이 평소에 아르바이트로 일하던 아파트 현장에서 공사하는 장면이었다.

공사 현장을 찍기 위해 콘크리트 타설 과정을 미리 배웠는데 막상 직접 해보자 보통 일이 아니었다.

더군다나 같이 일하던 사람이 쓰러지는 장면에서 부축하다가 같이 넘어졌기 때문에 오른팔에 피가 흐를 정도의 상처를 입었다.

서현탁이 밖에서 호들갑을 떨어댔지만 정한춘은 고스란히 그 장면을 담으며 빙고를 외쳤다.

워낙 현실감 있는 영상이었기 때문에 그가 손짓을 하자 카메라가 클로즈업되면서 강도영이 피 흘리는 장면을 그대로 화면에 담겼다.

정한춘은 프로답게 촬영이 끝나자 그때서야 강도영의 팔을 치료하는 냉정함을 보였다.

마지막 장면은 공사판에서 일하는 이강산을 향해 신은서가 눈물을 글썽이며 화를 낸 후 아르바이트 장소를 옮기는 과정과 강남에 있는 카페에서 노래하는 것이었다.

이강산은 상상하지 못할 정도의 노래 실력으로 200여 평의 홀을 가득 채운 관객들 앞에서 노래를 불러 우레와 같은 박수를 받는 장면이 오늘 촬영의 마지막이었다.

촬영이 시작하기 전 정한춘이 강도영을 불렀다.

"도영 씨, 기타 칠 줄 안다고 했지?"

"예, 칠 줄 압니다."

"노래는 정 안 되겠어?"

"노래는… 저번에 말씀드린 것처럼 어렵습니다."

"좋아, 그럼 노래는 예정대로 립싱크로 가는 것으로 하지. 어이, 조연출!"

"예, 감독님."

"도영 씨 기타 가져다주고 무대 준비해."

"알겠습니다."

정한춘의 지시에 조연출이 발바닥에 땀이 나도록 뛰어나갔다.

현장감을 확실하게 보여주기 위해 실제로 강남에 있는 유명한 라이브 카페 '샤르망'에서 녹화하는 것으로 계획되어 있었기 때문에 홀에는 200여 명의 손님이 식사와 술을 마시며 저녁을 즐기고 있는 중이었다.

이곳을 섭외하느라 정한춘은 사장과 연이 있는 인맥을 동원하느라 생고생을 했다고 들었다.

노래를 하지 못하겠다고 한 것은 서현탁 때문이었다.

놈은 빌라에서 노래를 한 것이 화근이 되어 여자들과 술을 마셔야 했다는 소리를 듣자 불같이 화를 냈는데 최근 들어 서현탁이 그 정도로 화를 낸 건 처음 봤다.

친구를 위하는 마음.

언제든지 재발될 수 있다는 의사의 말을 그는 철석같이 믿으며 강도영이 목소리를 쓰지 못하도록 갖은 협박을 해댔다.

스태프들이 가져온 기타를 받으며 강도영이 무대를 바라보았다.

조명을 받으며 밝게 빛나는 무대는 홀에 가득 찬 사람들 쪽을 향하고 있었는데 예전 자동차 광고를 찍을 때 갔었던 호수 카페를 보는 것처럼 아름다웠다.

저 무대에서 노래하고 싶다는 생각이 불쑥 들었지만 강도영은 기타를 잡은 후 정한춘이 가져온 악보를 받아 들었다.

그가 부를 노래에 맞춰 준비된 악보였다.

워낙 코드가 단조로웠기 때문에 연주하는 건 식은 죽 먹기처럼 쉬웠다.

하지만 강도영은 해보라는 듯 자신을 바라보며 고개를 끄덕이는 정한춘을 향해 포크가 아니라 아르페지오 주법을 보여주었다.

절묘하게 변형되면서 흘러나오는 아름다운 음률에 정한춘의 두 눈이 부릅떠졌다.

거의 전문가가 연주하는 것처럼 강도영의 기타 실력이 대단했기 때문이다.

기타 실력이 안 되도 상관없었다.

강도영이 어느 정도 기타를 친다는 걸 알고 있었지만 화면으로 찍을 정도가 안 되면 따로 전문가에게 의뢰해서 손동작만 다시 녹화해서 편집할 생각이었다.

그런데 이렇다.

"우와, 도영 씨 죽이는구만. 아까워 죽겠네… 여기서 노래까지 받쳐줬으면 끝내줬을 텐데."

"죄송합니다."

"죄송하긴 어쩔 수 없지. 도영 씨 조금 귀찮겠지만 촬영 없는 날 녹음 좀 하자고. 현실감을 높여야 하니까 도영 씨 기타에 맞춰 가수가 노래하게 만들어야 해."

"알겠습니다."

"자, 그럼 준비 끝난 것 같으니까 올라가지. 내가 미리 손님들한테 양해 멘트를 하고 나서 시작하면 돼. 오케이?"

"예."

그의 지시를 받고 강도영이 무대로 올라가자 식사를 하고 있던 손님들이 웅성거리기 시작했다.

카페 측에서 오늘 드라마 촬영이 있다는 정보를 미리 들었지만 막상 카메라가 세팅되고 강도영이 무대로 올라오자 사람들이 이목이 단숨에 집중되었다.

먼저 마이크를 잡은 건 정한춘이었다.

"손님 여러분께 잠시 양해 말씀드리겠습니다. 저는 TCN의 피디 정한춘입니다. 미리 말씀드린 것처럼 오늘 저희는 신비한 남자라는 제목의 드라마를 찍기 위해 손님 여러분께 잠시 불편을 드려야 될 것 같습니다. 촬영은 강도영 씨가 노래하는 장면이 전부니까 그렇게 오래 걸리지 않을 것입니다. 그리고 죄송하지만 한 가지 부탁을 드리겠습니다. 강도영 씨의 기타 연주가 모두 끝나면 우레와 같은 박수를 쳐주시면 감사하겠습니다. 그래줄 수 있을까요?"

"그렇게 할게요."

맨 앞에 앉아 있던 여자 손님들을 필두로 홀을 가득 채웠던 손님들이 다 함께 정한춘의 멘트에 대답을 했다.

그들은 직접 강도영을 봤다는 기쁨에 잔뜩 들떠 있었는데 특히 여자 손님들은 조금이라도 더 자세히 그를 보기 위해 자리에서 일어나는 사람이 많았다.

드디어 정한춘의 사인에 맞춰 강도영이 무대에 앉자 갑자기 사람들의 웅성임이 확 줄어들며 정적에 사로잡혔다.

비록 촬영에 불과한 것이라고 미리 언질을 받았으나 막상 강도영이 기타를 들고 자리에 앉자 손님들 사이에서는 긴장감과 기대감이 마구 피어오르고 있었다.

그 모습에 무대에서 내려온 정한춘의 얼굴이 잔뜩 일그러졌다.

"저건 또 뭐야? 진짜 가수가 공연하는 줄 아는 모양이네. 씨발, 노래가 립싱크라는 걸 알면 중간에 마구 떠들어대는 거 아냐?"

"만약 그러면 다시 올라가 부탁을 해야죠. 제가 올라가서 황홀한 표정으로 듣는 것처럼 해달라고 사정을 해보겠습니다."

"아, 미리 말했어야 되는데 이젠 늦어서 할 수 없다. 일단 한번 해보고 반응이 안 나오면 그때 다시 하지. 준비됐나?"

"기타 소리는 그대로 나오도록 앰프 켜놨습니다. 사전에 체크해 보니까 앰프 성능은 좋더군요. 강도영이 조금만 해준다면 그런 대로 그림은 나올 것 같습니다."

"오케이, 가자고!"

정한춘의 지시에 조연출이 카메라와 조명 감독을 향해 스탠바이 신호를 주었다.

그러고는 모든 준비가 끝난 걸 확인한 정한춘의 손이 떨어지자 카메라가 맹렬하게 돌아가기 시작했다.

이번에 동원된 카메라는 모두 7대였는데 중간중간에 연기자들이 관객으로 위장해서 앉아 있었기 때문에 그들의 표정을 리얼하게 잡아야 했다.

강도영은 기타를 다시 한 번 튜닝한 후 정한춘을 바라보다가 손이 올라가자 관객들에게 부드럽게 입을 열었다.

"저희 감독님께서 미리 말씀하셨지만 오늘 촬영으로 인해 여러분께 폐를 끼치게 된 점 진심으로 죄송합니다. 예쁘게 봐

주시고 다 끝나면 힘껏 박수쳐 주시기 바랍니다."

부드러운 강도영의 음성에 손님들의 환호성이 터져 나왔다.

그런 후 강도영이 기타 줄을 튕기기 시작하자 언제 그랬냐는 듯 쥐 죽은 듯한 정적이 홀을 채우기 시작했다.

넓은 공간을 흐르는 선율.

노래를 하지 않는 다는 실망감을 단숨에 뒤엎기라도 하려는 듯 강도영의 기타 선율이 관객들의 귀를 파고들기 시작했다.

정한춘 앞에서 전주곡을 선보였던 것과는 또 다른 느낌.

앰프가 켜진 상태에서 흐르는 기타 선율은 한 음 한 음에 생명력을 담고 퍼져 나갔는데 음이 흐를 때마다 살아서 움직이는 것 같았다.

관객들은 강도영이 등장한 후 그의 얼굴에 초점을 맞추며 휴대폰으로 찍느라 한바탕 부산을 떨었다.

강도영의 마력적인 얼굴을 본 여자들은 숨이 넘어갈 정도로 미친 듯이 환호성을 질렀고 남자들은 그런 여자들을 바라보며 시기심 어린 눈초리를 보냈다.

그가 기타를 들고 나타났을 때 이런 연주가 나오리라고 기대한 사람은 거의 없었다.

드라마를 찍기 위해 나왔으니 강도영이 기타 치는 흉내만 내다가 들어갈 것이라 생각했기 때문이다.

하지만 그들은 강도영의 손가락에 의해 기타가 움직이기 시작하자 숨소리조차 제대로 내지 못했다.

강도영의 손에 의해 생생하게 흘러나오는 기타의 마법은 충격 그 자체였다.

강도영은 눈앞에 있는 여배우를 빤히 쳐다보았다.

하숙집 둘째 딸인 은영의 소개로 한강대 퀸카인 친구를 소개받는 미팅 장면을 촬영하는 중이었다.

신선하고 매력적인 여자였다.

나이는 24살이라고 들었는데 이름은 유하연이었다.

유하연의 역할은 부유한 집안에서 태어나 자신의 미모를 이용해서 자유분방한 생활을 즐기는 여대생 이진서의 역할이었다.

극에서 이진서가 이강산을 소개팅 받은 건 친구인 은영의 집에 백마 탄 왕자가 거주하고 있다는 정보를 입수하고 끈질기게 매달렸기 때문이다.

그녀는 섹스를 스포츠로 생각하면서 남자들을 어장 관리하는 전형적인 프리 섹스 주의자였다.

강도영은 눈앞에서 물을 마시는 유하연을 보면서 빙그레 웃음을 지었다.

도시적인 마스크에 역을 소화하기 위해선지 진한 화장을

해서 섹시함이 돋보이게 만든 유하연은 강도영이 눈앞에 있자 긴장감을 숨기지 못했다.

"긴장했어요?"

"예, 선배님."

"신인이죠?"

"아니에요. 데뷔한 지 2년 됐어요. 드라마도 3개나 출연했는걸요."

"그런데 왜 그렇게 긴장해요?"

"오늘따라 유독 긴장되네요. 아무래도 선배님이 앞에 계셔서 그런 것 같아요."

유하연이 물 잔을 내려놓고 빤히 강도영을 바라보았다.

그녀의 시선에는 강도영에 대한 경외심과 환상, 그리고 여자로서의 동경심이 그대로 들어 있었다.

지금부터 촬영할 그들의 대화는 전형적인 미팅과는 전혀 다른 내용으로 진행된다.

물론 처음 만났을 때는 존댓말도 쓰면서 호구조사도 하지만 자유분방한 이진서가 말을 놓으면서 어장 관리에 관한 내용이 나오기 때문이었다.

이강산은 어리벙벙한 백수답지 않게 몇 가지 질문을 끝으로 그녀의 성격을 파악하고 대번에 지적했다.

강도영은 아직도 이강산의 정체가 뭔지 알 수 없었다.

10회까지 나온 대본으로는 그가 맡은 이강산이란 사내의 정체가 정확하게 밝혀지지 않았기 때문이다.

동생들에게는 푼수처럼 굴었으나 다정했고 하숙집 주인에게는 엄마라고 부르며 더없이 믿음직한 아들로 행동했다.

그러나 하는 일들을 보면 하나같이 최하층의 일들을 했는데 영등포에서 생선도 팔았고 공사장에서 막노동을 하더니 이제는 카페에서 노래를 하는 백수로 나온다.

10회까지의 내용을 보면 이강산은 수시로 자신의 능력을 업그레이드시키며 카멜레온처럼 매력을 발산해서 시청자들을 사로잡는다.

정체를 알 수 없는 남자. 그래서 제목이 신비한 남자인 모양이다.

유하연은 자유분방한 사고를 지닌 여대생답게 거침없이 사귀자는 제안을 하며 용돈까지 주겠다고 말하지만 강도영은 단칼에 그녀의 제안을 뿌리치고 카페를 빠져나오는 게 이번 촬영의 주 내용이었다.

긴장했던 것처럼 보였던 유하연은 막상 촬영에 들어가자 전혀 다른 사람이 되어 묘한 매력을 뿜어냈다.

가진 것 많은 여대생.

돈과 외모가 모두 충족된 여대생의 행동과 말투가 그녀의 몸에서 자연스럽게 흘러나왔다.

새삼 이 글을 쓰는 이수현의 머리 구조가 궁금해졌다.

정말로 이런 여대생이 있을까란 생각이 들 정도로 유하연의 한마디 한마디는 개방적이고 직설적인 대사로 가득 차 있어 연기를 하는 자신마저도 움찔거리게 만들었다.

*　　　　*　　　　*

신은서는 여동생이 이강산을 친구에게 소개해 준 것을 알고 화가 끝까지 치밀어 회사에서 조퇴하는 장면을 준비하고 있었다.

그녀가 본 하숙집 큰딸 은서는 주인공을 사랑하는 게 분명했다.

단순히 하숙생이었다면 아무리 허물없이 지낸 사이라 해도 이런 극성을 부리지 못하기 때문이다.

대본을 읽을수록 그녀의 마음이 확연하게 나타났다.

동생의 행동에 어쩔 줄 모르며 하루 종일 안절부절못하는 은서의 행동은 사랑하는 사람을 뺏길까 봐 걱정하는 여자의 전형적인 모습이었다.

촬영은 순조롭게 진행되었다.

회사 사무실로 만들어진 세트장에서 촬영을 하고 있는 건 박규만 피디가 지휘하는 B팀 촬영 팀이었다.

워낙 드라마를 구성하는 신이 많다 보니 한 개의 팀만 가지고는 정해진 시간에 촬영을 끝낼 수 없어 신비한 남자는 두개의 촬영 팀이 움직였다.

한 개의 신이 끝나고 사무실 세트에서 또 다른 장면을 찍었다.

신은서는 최고의 광고 기업에 다니고 있었는데 그녀를 좋아하는 김영석이 커피를 마시자고 접근해 오는 장면이었다.

극에서 김영석은 빵빵한 집안에 잘생기고 유능한 총각 사원으로 신은서를 좋아해서 안달하는 역할이었다.

대본을 보면서 은서의 마음을 알 것 같았다.

주인공과 비교될 정도로 좋은 환경을 지닌 남자의 접근에 혼란스러움을 겪어야 하는 여자의 마음이 이해가 되었다.

좋아하지만 백수라는 한계 때문에 섣불리 접근하지 못하는 그녀의 마음.

그녀는 사랑하는 마음과 앞으로 자신에게 닥칠 현실적인 문제 사이에서 많은 갈등과 고민을 겪고 있음이 분명했다.

그럼에도 은서는 단칼에 그의 데이트 신청을 거부한다.

그만큼 주인공인 이강산을 좋아한다는 뜻이었다.

*   *   *

촬영장에 나타난 강민경은 여신이 따로 없었다.

맡은 배역이 재벌가의 총아였고 누구보다 아름다우며 똑똑한 역할을 맡았기 때문에 그녀는 검은색 정장 차림으로 촬영장에 나타났는데 촬영을 준비하던 스태프들과 연기자들은 강민경의 외모에 전부 입을 떠억 벌렸다.

오늘 그녀가 촬영하는 내용은 현수 역을 맡은 고인철과 주인공인 이강산에 대해서 추억을 회상하는 장면과, 조만간 있을 고등학교 동창회에 관해서 대화를 나누는 내용이었다.

강민경과 강도영이 만나게 되는 도입부였다.

고등학교 시절 이루지 못했던 첫사랑의 주인공들이 10년이란 세월을 넘어 다시 만나게 되는 장면이었기에 아직도 그녀를 사랑하는 현수와 대화하면서 추억에 잠기는 연기를 해야 했다.

"감독님, 안녕하세요."

"어서 와. 오늘따라 더 예쁘네."

"호호… 고마워요."

"촬영은 30분 뒤부터 할 거니까 저기 가서 쉬고 있어."

"오늘 얼마나 걸릴까요?"

"민경 씨는 여기서 찍고, 곧바로 고인철이랑 같이 자리를 옮겨서 동창회 장면을 찍어야 돼."

"거기에 강도영 씨도 오는 거죠?"

"당연하지. 그런데 왜 그렇게 좋아해?"

"우린 사랑하는 사이잖아요. 애인 만나는데 좋아하는 게 당연한 거 아니에요?"

"얼씨구."

정한춘이 그녀의 대답에 실소를 흘렸다.

신비한 남자에서 강도영과 사귀는 사이로 나오기 때문에 강민경이 그렇게 말한 것이라 이해했지만 그럼에도 이상한 생각이 들었다.

둘은 친구라고 했다.

광고를 찍은 다음부터 친구 먹기로 해서 친하게 지낸다고 들었고 막상 보는 앞에서도 스스럼없이 대하는 걸 본 적도 여러 번이다.

그럼에도 이렇게 사랑하는 사이라는 말을 듣자 왠지 기분이 묘해졌다.

이것들 정말 사귀는 사이 아닐까?

*　　　*　　　*

연일 계속되는 촬영 일정에 강한 체력을 지닌 강도영도 피곤함을 느꼈다.

한 달 동안 4회 분량을 찍었는데 강남의 부유층 자식들로 구성된 동창회에서 수모를 당한 장면을 찍으면서 느낀 감정이 너무 지독하고 더러워서 한동안 밥 먹기가 어려울 정도로 스트레스를 받았다.

자신의 어릴 적 시절이 생각났기 때문이다.

외모가 못난 것 때문에 겪어야 했던 왕따 생활과 주인공 이강산이 부유층 자식들에게 따돌림 받는 장면이 겹쳐 떠오르며 그를 화나게 만들었다.

배역에 동화된다는 건 이렇게 힘들다.

생각 같아서는 물불 안 가리고 때려 부쉈으면 좋으련만 주인공은 명품으로 도배된 놈들에게 밥값을 내줘서 고맙다는 말만 남기고 훌쩍 떠났기 때문에 현실로 돌아와서도 강도영은 하루 종일 분을 참느라 애를 써야 했다.

다시 만난 유태희가 자신과 사귀려면 자격을 갖춰 오라는 도발에 그녀가 근무하는 기업에 취직하는 장면을 찍기 위해 틈날 때마다 전담 선생님을 모셔놓고 영어 공부를 하느라 진땀을 흘렸다.

고등학교만 나온 것으로 알려진 주인공 이강산은 유태희가 기획실장으로 근무하는 대원그룹에 입사를 하는데 인터뷰 장면에서 유창한 영어로 경영과 경제에 관한 전문 용어들을 말하는 장면이 있었기 때문이다.

한 페이지에 달할 정도의 영문을 외운다는 것은 보통 힘든 일이 아니었다.

더군다나 발음까지 정확하게 전달해야 했으니 미치고 펄쩍 뛸 일이었다.

고등학교 시절 공부를 하지 않은 게 후회될 만큼 인터뷰 장면에서 경제 전반에 대한 전문 지식을 영어로 말한다는 건 상당한 고통을 수반했다.

다시 주인공 이강산의 정체가 궁금해졌다.

고등학교만 나와서 백수로 전전하던 놈이 미국에서 가장 유명하다는 스카우터 토마스의 극찬까지 받을 정도로 뛰어난 실력을 가졌다는 게 정말 이해되지 않았다.

다행스럽게 독 과외로 모신 선생님의 지극 정성 덕에 인터뷰 장면을 무사히 마칠 수 있었다.

그게 바로 이틀 전의 일이었다.

하루를 쉬고 다시 촬영에 들어가는 날 강도영은 서현탁이 운전하는 밴에 올라탄 후 서은경과 함께 파주로 향했다.

파주에 있는 대기업 연수원에서 촬영이 있기 때문이었다.

"도영아, 오늘 촬영도 힘들겠다."

"그렇겠네. 하루 종일 찍어야 한다고 하더라. 누나, 간식거리 많이 챙겨왔지?"

"으이구, 배우가 먹을 거 먼저 챙기면 어떡하니. 그러다나 배 나올라."

서은경이 불쑥 손을 내밀어 강도영의 배를 쓰다듬었다.

모든 여자가 선망하는 강도영이었지만 서은경은 아무렇지 않게 그의 몸을 수시로 만져댔다.

그만큼 자유로운 영혼을 가진 여자였다.

강도영이 그녀에게 말을 놓으며 장난을 칠 수 있는 건 그녀의 성격이 그만큼 허물없었기 때문이다.

"오늘 내용은 뭐니?"

"신입 사원 연수 받는 거야. 거기서도 이강산은 여전히 왕따지. 좋은 대학 나온 놈들이 무시하고 업신여기는데 계속해서 참아야 해. 열 받아서 저번처럼 밥도 못 먹을지 몰라."

"아, 그 장면이구나. 하지만 결국은 네가 히어로가 되잖아."

"그건 그렇지."

"그동안 시청자들 속 터진 거 한 번에 만회되겠다."

"아마, 그럴 거야. 그런데 이강산 이놈은 너무 여기저기 매력을 발산해서 여자들이 끊이지 않아. 도대체 어쩌려고 이러는지 모르겠어."

"허이구, 저는. 현실에서 넌 더 하거든요."

"하여간 오늘은 엄청 힘들 거야. 날 좋아하는 여자를 업고 산을 뛰어야 하잖아."

오늘 촬영분에는 신입 사원 여자를 업고 뛰는 장면이 나오는데 더위가 절정인 8월이었으니 고생이 눈에 훤히 보였다.

하지만 앞에 앉아서 차를 몰고 있던 서현탁에게는 그렇게 느껴지지 않았던 모양이었다.

"물 많이 준비해 놓을게. 여자 엉덩이 실컷 만지고 와. 좋겠다, 탤런트 엉덩이 마음껏 만져서."

"저놈은 꼭 이상한 쪽으로 생각하더라."

"도영아, 감독님한테 말해봐. 그 장면만 대역 쓰라고. 내가 여자 업는 데는 일가견이 있거든."

"지랄한다, 미친놈."

*　　　　　*　　　　　*

대기업의 연수원은 드라마에서 표현한 것처럼 으리으리했다.

워낙 돈을 많이 버는 대기업의 연수원이었기 때문인지 TCN 사장까지 직접 나선 후에야 하루만 쓴다는 조건으로 겨우 빌렸다고 했다.

신입 사원 오리엔테이션 장면을 찍었고 기획실장 유태희 역을 맡은 강민경이 회사 전반에 대해 설명하는 강의 장면을 찍었다.

드라마에서는 조별 경쟁을 통해 우승한 팀에게 우선 인사 배정 해준다는 설정이 있었는데 거기서 주인공 이강산은 팀원들에게 고졸 출신이란 이유 때문에 왕따를 당했다.

서현탁이 대신 찍어주겠다고 방방 뜬 장면은 오후 3시, 태양이 가장 뜨겁게 내리쬐는 시간이었다.

팀원들이 모두 산 정상까지 뛰어서 먼저 내려온 팀에게 높은 점수를 준다는 설정이었다.

촬영이었지만 평소에 운동을 하지 않았던 사람들이 산을 오른다는 건 결코 쉽지 않은 일이었다.

더군다나 여배우들은 숨을 헐떡거리며 힘들어했는데 촬영만 아니라면 전부 포기했을 정도로 힘든 촬영이었다.

그건 스태프들도 마찬가지였다.

오르는 길마다 카메라를 세팅하고 촬영을 해야 했기 때문에 무거운 장비를 들고 산을 타야 하는 스태프들은 죽을 맛이었다.

강도영이 자신에게 호감을 느낀 신입 사원 정경화를 업는 장면은 산 중턱이 시작될 때부터였다.

주인공에게 호감을 느꼈음에도 고졸 출신이란 걸 알고 난 후부터 거리를 멀리하던 그녀는 산을 오르다가 다리를 삐면서 강도영에게 업히는 역할을 맡았다.

배우들이 다 그렇지만 정경화 역시 뛰어난 몸매와 아름다운 얼굴을 지닌 여자였다.

경쟁에서 이기기 위해 다른 팀원들의 만류에도 불구하고

강도영은 그녀를 업고 산 정상까지 뛰는 장면을 연출했다.

"선배님, 부탁드려요."

"걱정 말아요. 다치지 않게 조심할게요."

26살인 정경화는 만나자마자 강도영을 선배라고 불렀는데 막상 등에 업히는 장면에 들어가자 얼굴을 붉게 물들였다.

비록 연기였지만 다 큰 처녀가 남자의 등에 업혀 엉덩이를 내밀어야 한다는 건 부끄러운 일임이 분명했다.

더군다나 상대가 강도영이었다.

요즘 여자들의 로망으로 불리는 강도영이었고 실제로 보게 되자 가슴이 두근댈 정도로 매력이 철철 넘쳤기 때문에 그녀는 연기하는 동안 눈이 마주칠 때마다 어쩔 줄을 몰라 했다.

중간중간 쉬었지만 너무 힘들어 포기하고 싶었다.

영화를 촬영하면서 워낙 독하게 훈련해 왔던 전력이 없었다면 결코 끝까지 촬영을 못 했을 정도로 어려운 일이었다.

특히 마지막에 다른 조들의 추격을 뿌리치기 위해 이를 악물고 뛰는 장면이 끝나고서는 실제로 바닥에 쓰러져 한동안 일어서지 못했다.

등에 업혀 있던 정경화가 서현탁이 들고 온 물을 뺏다시피 해서 그의 입에 가져다 대준 것은 본능이었을 것이다.

자신을 위해 많은 시간을 노력해 준 강도영에 대한 미안함.

그녀는 그의 등에 업혀 있는 동안 수많은 상상을 하며 행복을 느꼈으나 점점 시간이 흐르며 강도영이 고통스러워하는 것을 본 후부터는 가슴을 졸이며 빨리 이 시간이 지나가기를 간절히 바랐다.

남자의 몸에서 쏟아져 내려오는 뜨거운 땀방울.

강도영의 등에서 새어 나온 땀들이 그녀의 가슴에 닿을 때마다 그녀는 처녀로서의 수치감 대신 가슴 벅찬 환희와 미안함, 배우로서의 열정을 고스란히 느꼈다.

이수현의 머릿속에서 나온 내용이었고 한쪽에서 촬영 팀을 진두지휘하고 있는 정한춘에 의해서 연출된 장면이란 것도 안다.

그래도 좋다. 배우로서… 그리고 여자로서…….

*　　　*　　　*

3달 동안 정신없이 시간이 흘러갔다.

10회까지 촬영을 무사히 마친 강도영은 길게 한숨을 내리쉬었다.

주인공은 회사에 입사해서 유태희와 사랑에 빠진다.

유태희가 이강산을 자신이 근무하는 기획실에 배치하면서 본격적인 사랑이 시작되는데 그 과정에서 줄곧 주인공을 짝사랑했던 은서는 가슴이 찢어질 만큼 커다란 후회와 상처를 입는다는 내용이었다.

이강산은 은서의 고통을 지켜보면서 마음 아파한다.

그는 은서의 고통을 보면서 자신의 사랑에 대해 의문을 갖지만 첫사랑의 추억을 뿌리치지 못하고 유태희와 아름다운 시간을 보낸다.

하지만 그들의 사랑이 난관에 직면한 것은 재벌가의 오너인 회장의 지시로 유태희가 선을 보기 시작하면서부터였다.

있는 자들은 있는 자들끼리 결혼한다는 그들만의 논리가 이 드라마에서도 고스란히 진행되고 있었다.

강도영은 3회분의 더 대본을 받은 후 고개를 갸웃거렸다.

아직도 이강산의 정체가 밝혀지지 않았기 때문이다.

정말 너무하다는 생각이 들 정도로 이수현은 극의 종반부까지 이강산의 정체를 밝히지 않고 있었다.

이수현이 11회 촬영분에 액션 신을 넣은 것은 다분히 의도적인 것으로 보였다.

그녀는 강도영의 액션 능력을 시청자들에게 보여줌으로써 그의 매력을 극대화시키고 싶었던 것 같았다.

액션 신을 준비하는 건 그리 어려운 일이 아니었다.

그보다 수십 배 어려운 액션 신도 여러 번 찍었고 항상 같이했던 코리아 팀과 촬영을 준비했기 때문에 시청자들은 텔레비전에서 쉽게 볼 수 없는 화려한 액션을 감상할 수 있을 것이다.

앞으로의 촬영 일정이 빡빡하게 짜여 있었지만 지금 당장의 관심사는 내일 첫 방송이 전파를 타고 나간다는 것이었다.

"도영아, 드디어 내일 첫 방이야. 아까 정 감독을 봤는데 잔뜩 긴장하고 있더라."

"아무래도 그렇겠지. 드라마는 시청률이 생명이니까."

"그런데 아무리 생각해도 불안해. 요즘 사람들은 답답한 거 싫어하잖아. 주인공 정체가 너무 감춰져 있어서 쉽게 싫증 낼지도 몰라."

서현탁이 불안한 눈으로 강도영을 바라봤다.

맞는 말이다.

하지만 그렇게 속단하기도 어려운 말이기도 했다.

이수현의 신비한 남자는 요소요소에 사람들의 관심을 잡아끄는 흥밋거리들이 가득 차 있었고 특유의 톡톡 튀는 유쾌함과 시처럼 아름다운 대사들이 드라마 전반에 깔려 있기 때문에 한번 발을 들여 놓은 사람은 중간에서 등을 돌리기 어려웠다.

더군다나 두 여자와의 갈등이 고조되면서 과연 누구와 결혼을 하게 될지도 궁금증을 자아냈기 때문에 첫 방송의 시청률이 드라마의 성패를 결정짓게 될 것이다.

그래서 첫 방송 시청률이 중요했다.

첫 방송 시청률이 20%만 넘는다면 이수현의 힘으로 30%를 넘는 것은 일도 아니었다.

수목 드라마로 편성된 신비한 남자는 10월 첫째 주부터 방송되어 11월 말에 끝나는 것으로 계획되어 있었다.

한 주에 2편씩이었으니 정확하게 두 달 만에 끝나게 되는데 이 두 달 사이에 수많은 사람의 운명이 결정된다.

＊　　　　＊　　　　＊

강민경은 촬영이 끝나자 신은서에게 같이 저녁을 먹자는 제안을 했다.

강도영을 대하는 그녀의 친밀도는 촬영이 시작된 지 3달이 다 되어가자 스스럼없이 농담을 할 정도로 높아져 있었다.

드라마였지만 극중에서 두 사람은 연인으로 나오는 중이라 붙어다니는 경우도 많았다.

더군다나 강민경은 커피 광고를 찍은 후부터 강도영에게 호감을 가지고 있었기 때문에 극이 진행될수록 점점 더 여자로서 다가가는 중이었다.

그 마음을 친구인 신은서에게 알리고 싶었다.

강도영은 목석처럼 그녀의 마음을 알아주지 않은 채 여전히 친구로만 대했기 때문에 신은서에게 자신의 답답한 마음을 토로하고 조언을 받으려는 게 그녀의 생각이었다.

"오늘은 내가 쏠게. 뭐 먹고 싶어?"

"오늘 드라마 시작하는 날이야. 경건한 마음으로 집에 가서 드라마 성공하게 해달라고 기도해야지."

"할 말이 있어서 그래. 그러니까 시간 좀 내."

"무슨?"

"그건 밥 먹으면서 말할게. 드라마는 9시 반부터 시작이니까 밥 먹고 가도 충분해."

"휴우, 좋아. 그럼 간단하게 먹어."

"스파게티?"

"콜."

신은서가 마음을 결정한 듯 시원하게 대답을 했다.

친구인 강민경이 간절하게 자신을 바라보는 시선이 왠지 불안했지만 오히려 그 시선에서 꼭 그녀의 말을 들어야 할 것 같다는 생각이 들었다.

두 사람이 자리를 옮겨 강남에서 유명하다는 이탈리안 레스토랑에 들어간 것은 오후 6시가 조금 넘었을 무렵이었다.

이곳도 연예인들이 자주 오는 곳이다.

연예인들, 특히 여배우들은 낯가림이 심했고 사람들의 시선을 받으며 식사하는 걸 극도로 싫어했기 때문에 특정한 장소를 정해놓고 가는 경우가 많았다.

강민경은 스파게티와 어울리지 않는 와인을 시켜 신은서의 잔에 따라준 후 자신의 잔에도 따랐다.

그리고 스파게티는 건드리지 않은 채 아무 말 없이 와인을 홀짝거리며 마셨다.

그 모습에 신은서의 얼굴이 일그러졌다.

"왜 분위기 잡고 그래, 심각한 얘기야?"

"은서야, 너 강도영 어떻게 생각해?"

"어떻게 생각하다니?"

"아무래도 나 강도영 좋아하나 봐. 요즘 눈 뜨면 걔만 보여. 어쩌면 좋지?"

"무슨 소리야. 너 걔랑 친구라며?"

"친구 맞아."

"그런데?"

"가만히 생각해 보니까 걔를 좋아하기 시작한 건 오래된 것 같아. 내 마음을 먼저 보여주기 싫어서 친구 하자고 했는데 이제는 더 이상 힘들어서 못 하겠어."

강민경의 말을 들은 신은서의 표정이 하얗게 굳어지기 시작했다.

불안한 마음이 자꾸 들더니 이런 말을 들으려고 그랬던 모양이었다.

한번 둑이 터진 강민경은 두서없이 강도영과 있었던 일들을 이야기하며 가슴 아픈 짝사랑에 대해서 위로를 받고 싶어 했다.

하지만 신은서는 입을 꾸욱 닫은 채 그녀에게 어떤 위로도 건네지 않았다.

많은 이야기들.

심지어 그녀가 모르는 추억들도 두 사람 사이에는 간간히 섞여 있었다.

부글부글 속이 끓어올랐으나 끝까지 참았다.

자신에게 위로받고 싶어 하는 강민경의 마음은 충분히 이해할 수 있었으나 그녀는 상대를 잘못 골랐다.

그는 내 남자다. 그리고 그녀는 강민경에게 강도영을 양보할 생각이 눈곱만치도 없었다.

"은서야, 나 어떡하지?"

"강도영은 뭐라고 하는데?"

"그 사람 바보 같아. 아무리 눈치를 줘도 몰라. 현탁이한테 들어봤더니 지금까지 한 번도 여자를 사귄 적이 없대. 그래서 그런가 그저 나를 친구로만 생각해."

서현탁은 그렇게밖에 말할 수 없었을 것이다.

낮말은 새가 듣고 밤말은 쥐가 듣는다고 했다. 지금 한창 인기를 얻어가고 있는 강도영이 그녀와 사귀고 있다는 게 언론에 노출된다면 여자들이 환호하는 그의 인기는 금방 식을 수도 있었다.

그녀도 마찬가지였다.

이런 상황에서 자신이 그의 여자라는 걸 밝히지 못하는 것이 미치도록 화가 나고 싫었지만 강도영을 위해서라면 참을 수밖에 없었다.

그녀의 반응이 이상하다는 것을 강민경은 느끼지 못한 모양이었다.

사랑에 빠진 여자는 주변 상황에 대해서 둔감해지기 때문에 강민경은 여자로서의 직감을 전혀 발휘하지 못하고 있었다.

"나, 이번 촬영 끝나면 고백할 생각이야. 친구로는 도저히 안 되겠어. 나, 그 사람 갖고 싶어."

"너 도대체 왜 그러니? 그렇게 도도하던 애가 갑자기 왜 그래?"

"난 지금까지 진정한 사랑을 한 번도 해본 적이 없어. 너, 동영그룹의 장창익이라고 알지?"

"알아."

"그 사람이 벌써 5년째 쫓아다녀. 결혼하자고. 처음에는 망설여지더라. 그룹사의 후계자와 결혼을 한다는 건 여배우들의 로망이잖아. 하지만 내 마음을 알고 나서 단칼에 거절했어. 난 내 삶을 사랑하는 사람과 채우고 싶어."

"큰 결심을 했구나. 장창익이라면 재계에서 알아주는 핸섬 가이인데 어려운 결정을 했네."

"은서야."

"왜?"

"나 그 사람에게 고백할 수 있도록 네가 도와줘. 너는 그 사람하고 벌써 두 번째 같이 일했으니까 자연스럽게 도와줄 수 있지 않겠니?"

강민경의 시선은 간절했다.

그리고 그 시선에는 신은서가 도와줄 거란 확신도 담겨 있었다.

하지만 신은서는 입술을 꽉 깨문 채 한동안 아무 말도 하지 않다가 기어코 억눌린 음성으로 대답을 했다.

"…안 돼."

"뭐라고 그랬니. 안 된다고?"

"그래 안 돼."

"너… 왜 그래?"

신은서의 대답에 강민경이 놀라는 표정을 지었다.

너무 의외의 대답이었다.

그녀로서는 친한 친구라고 생각해서 고민을 털어놓았고 많은 기대를 했는데 신은서의 음성에는 단호함을 넘어선 완강한 거절이 담겨 있었다.

비록 드라마였지만 강도영이 강민경과 사귀는 장면을 보면서 화가 머리끝까지 치밀 때가 한두 번이 아니었다.

그럼에도 참았다.

그가 사랑하는 사람은 나였고 드라마도 결국은 그녀를 선택하게 될 것이란 확신이 들었기 때문이다.

신은서의 입이 다시 열린 것은 강민경이 추궁하려는 듯 다시 입을 열려고 할 때였다.

그를 위해서 절대 입 밖으로 말하고 싶지 않았으나 이런 상황에서는 도저히 그냥 넘어갈 수 없었다.

사랑하는 사람에게 누군가 고백을 한다는 건 절대 이해할 수도 받아들이고 싶지도 않았으니까.

현실에서는 절대 안 된다. 강민경이 아니라 세계에서 제일 섹시하다는 제시카 레인이 온다 해도 절대 양보할 생각이 없었다.

"네가 내가 알지 못하는 비밀을 말해줬으니 나도 이제 말해줄게. 그 사람은 내 남자야. 그러니까 건드리지 마."

"뭐라고!"

"우린 벌써 사귄 지 1년도 넘었어. 그 사람은 바보가 아니야. 네가 좋아한다는 걸 알면서도 친구로 남길 원한 것은 바로 내가 있기 때문이었을 거야. 그 사람은 나를 사랑해."

"너… 너, 그 말 정말이니?"

"지금까지 아무에게도 말하지 않았던 이야기야. 네 이야기를 들으면서 미리 끊지 못한 건 그를 위해서 이 비밀을 끝까지 지키고 싶었기 때문이었어. 그 사람을 정말 좋아했다면 너도 이 비밀을 지켜줬으면 좋겠다. 그럴 수 있겠니?"

"싫어. 안 돼!"

"무슨 소리지?"

"왜… 왜 그 사람이 너만 좋아해야 되는데. 나는… 나는… 어쩌라고……."

*　　　*　　　*

김이정은 뉴스가 끝나자 잽싸게 TCN에 채널을 맞추고 부엌으로 부리나케 향했다.

오늘은 그녀가 기대하던 신비의 남자가 방영을 시작하는 날이기 때문이었다.

오늘따라 대학에 다니는 큰딸과 한창 공부를 해야 하는 고등학생 딸까지 미리 나와서 텔레비전이 있는 거실에 죽치고 앉아 있었지만 김이정은 모른 체하며 커피를 탔다.

드라마와 커피는 찰떡궁합이라 미리 준비해 둘 필요성이 있었다.

화장실에 갔던 남편이 슬금슬금 나오더니 스포츠 방송 쪽으로 채널을 돌린 건 그녀가 끓는 물에 커피를 넣고 있을 때였다.

"악… 아빠, 안 돼. 금방 시작한단 말이야?"

"아직 안 하잖아. 그리고 아빠 프로야구 봐야 해."

리모컨을 뒤로 숨긴 남편이 큰딸의 항의를 무시하고 텔레비전 화면에 시선을 고정시켰다. 프로야구광인 남편은 이 시간이면 꼭 야구를 시청했는데 웬만해서는 아무도 못 말렸다.

김이정도 평상시에는 남편이 프로야구 방송을 보는 걸 그냥 내버려 두었다.

가족들을 위해 일을 하느라 좋아하는 프로야구를 마음껏 보지 못하는 남편이 이해되었기 때문이다.

하지만 오늘만큼은 달랐다.

커피를 타 온 그녀는 쟁반을 내려놓고 두 눈에 쌍심지를 켰다.

"여보, 9시 30분이다. 알지?"

"그거 꼭 봐야 해?"

"여기 있는 마누라와 두 딸이 그거 보려고 앉아 있는 거 안 보여? 그러니까 순순히 말할 때 리모컨 내놔."

"이 사람 보게. 잘하면 한 대 치시겠네."

"안 내놓을래?"

김이정이 슬그머니 엉덩이를 들어 올리며 째려보자 움찔한 남편이 입맛을 다시며 리모컨을 내밀었다.

그래도 가장 체면에 한마디는 했다.

"드라마 시작되기 전까지는 보자. 그러면 되지?"

"호호… 그러세요. 얘들아 우리 그때까지는 기다려 주자."

리모컨을 확보한 김이정이 밝게 웃자 두 딸이 어깨를 으쓱하며 따라 웃었다.

두 딸은 강도영의 광팬이었다.

특히 큰딸은 히어로를 본 후에 팬클럽까지 가입했는데 강도영 같은 남자만 있다면 지금이라도 당장 결혼하겠다고 설쳐댈 정도였다.

지루한 시간이 지나고 9시 30분이 되자 김이정이 번개 같은 속도로 채널을 돌렸다.

막 응원하던 팀이 투아웃 2, 3루 찬스에서 공격을 하는 순간이었기 때문에 남편이 신음을 흘렸으나 그녀는 리모컨을 엉덩이에 깔고 앉은 후 그의 시선을 외면했다.

그건 두 딸도 마찬가지였다.

드디어 '신비한 남자'라는 타이틀이 올라가면서 강도영이 화면에 나오자 세 여자가 화면 속으로 들어갈 것처럼 집중했다.

"쟤는 눈이 참 인상적이야. 그렇지 않니?"

"맞아. 꼭 호수 같아. 저 오빠 눈은 리챠드 기어를 닮았단 말이지."

"비슷하긴 한데 조금 더 부드러워. 뭐랄까, 솜사탕을 얹어놓은 느낌?"

둘째 딸의 대답에 큰딸이 첨가를 하자 김이정이 고개를 끄덕였다.

이제 나이가 49살이 된 그녀가 봤을 때도 강도영의 눈은 여자의 심신을 홀릴 만큼 묘한 매력을 지니고 있었다.

드라마가 진행될수록 그녀들의 대화 주제는 끊임없이 바뀌었다.

"엄마, 저 몸매 봐. 완전히 죽여주지 않아?"

"운동 많이 하는 모양이네. 남자 몸매가 저 정도는 돼야지. 너희 아빠는 완전 물 살이라서 차마 볼 수가 없단다."

"여기서 아빠 얘기가 왜 나와."

"그렇다는 얘기지. 부러워서."

"히힛, 엄마도 강도영이 멋있어?"

"나도 눈 있거든요. 나이가 들었을 뿐이지."

"그런데 강민경이 주인공 아니었나? 저 신은서가 강도영을 좋아하는 것 같잖아?"

"신은서도 괜찮네. 알콩달콩 얘기 나누는 게 마치 친구처럼 보여."

"하여간 이수현 대단해. 어떻게 저런 대사를 만들어내지. 아우, 재밌어."

"벌써 끝난 거야?"

"가만있어 봐. 예고편 한다."

한 시간이 정말 1분처럼 흘러가고 말았다.

워낙 집중해서 봤기 때문에 그녀들은 시간이 흘러가는 걸 느끼지도 못했다.

마지막 장면이 끝나는 것을 보면서 큰딸 김미연이 아쉬운 표정을 짓자 둘째 딸 김정연이 손을 번쩍 치켜들며 조용하라는 신호를 보냈다.

화면에서는 2화에 대한 예고 방송이 진행되고 있었는데 강도영이 기타를 들고 무대에 오르는 모습이 잡히고 있었다.

"우와, 다음 화에서 강도영이 노래하나 봐."

"정말 하는 걸까?"

"그거야 보면 알겠지. 그나저나 오늘은 강도영이 조금밖에 안 나와서 아쉽다."

"호호… 아빠, 내일도 부탁해요."

동생의 말을 들으며 자리에서 일어나던 김미연이 소파에 앉아 입맛을 다시고 있는 김정호를 향해 애교를 떨었다.

그러자 김정호가 두 손을 번쩍 들어 항복을 표시했다.

신비한 남자가 방송되는 동안 집 안을 가득 채운 여자들이 전부 정신이 나간 것을 보며 자신이 좋아하는 프로야구를 앞으로도 당분간 보지 못할 거란 불안한 예감이 들었다.

그럼에도 그의 얼굴에는 웃음이 매달려 있었다.

가정의 평화를 깨면서까지 무모한 도전에 목숨을 건다는 건 어리석은 짓이란 걸 너무나 잘 알고 있었기 때문이다.

＊　　　　＊　　　　＊

"아직 안 나왔어?"

"지금 집계 중입니다. 곧 결과가 나올 겁니다."

퇴근도 하지 못한 채 드라마가 끝나기를 기다리던 TCN의 드라마국장 윤문호가 연신 직원들을 채근했다.

기대감과 불안감으로 잠시도 가만있을 수가 없었다.

벌써 7연패.

다른 경쟁사와의 전쟁에서 드라마가 참패를 면치 못한 것이 벌써 2년이 다 되어 간다.

사장은 국장회의 때마다 TCN의 드라마 실패에 관해서 매번 질타를 했는데 예능 쪽의 반만이라도 따라가라며 그를 수시로 엿 먹였다.

그런 마당이었으니 이번 작품마저도 실패하게 된다면 그는 국장 자리를 내놔야 할지도 몰랐다.

어느 정도 자신은 있었다.

다른 누구도 아닌 이수현 작품이었고 히어로에서 대박을

터뜨린 강도영이 주연으로 나섰으니 충분히 승산이 있을 거란 판단은 들었다.

그럼에도 불안했다.

같은 시간대에 방송되고 있는 JYN의 사극 '비적'이 인기 절정의 배우 김현성을 앞세우고 인기 몰이를 하고 있었기 때문이다.

현재 '비적'의 시청률은 28%까지 찍고 있었는데 다른 방송사의 드라마보다 월등하게 높은 것이었다.

비록 강도영의 최근 인기가 급상승 중이었지만 김현성과 비교하면 아직 인지도가 떨어지는 편이라 불안감은 더욱 커졌다.

한순간의 인기는 금방 꺼지는 거품과도 같았다.

단시간에 만들어진 인기는 오랜 시간을 두고 키워온 인기와 근본적으로 질이 다르기 때문에 강도영이 시청자들에게 통할 것이란 확신을 갖기가 어려웠다.

촬영을 끝내고 들어온 정한춘은 마치 죄인처럼 사색이 되어 결과를 기다리고 있었다.

그는 윤 국장이 긴장감 때문에 사무실을 왔다 갔다 하며 직원들에게 화를 낼 때마다 그의 눈치를 보며 바짝 마른침을 삼키는 중이었다.

"자넨 어떨 것 같나?"

"예?"

"시청률이 얼마나 나올 것 같냐고!"

직원들을 닦달하던 화살이 자신에게 돌아오자 정한춘이 쉽게 대답을 하지 못하고 머리를 쓰다듬었다.

여기서 쓸데없는 자신감을 보이는 건 스스로 무덤을 파는 것과 같은 짓이었다. 그렇다고 담당 피디가 자신 없는 표정으로 줄여서 말하는 건 더 바보 같은 짓이다.

그랬기에 그는 이를 꽉 깨물고 될 대로 되라는 심정으로 당당하게 대답했다.

"국장님, 걱정하지 마십시오. 분명히 괜찮게 나올 겁니다. 이수현 작가의 작품이 언제 실망을 드린 적 있습니까. 제가 봤을 때 최소 20% 이상은 나올 겁니다."

빙고.

국장의 얼굴에서 지금까지와는 다른 표정이 나타났는데 그것은 바로 만족감이었다.

통했다. 나름대로 심호흡을 길게 한 후 뻔뻔한 얼굴로 대답한 게 국장의 마음에 들었나 보다.

"그래야지. 암, 당연히 그렇게 될 거야… 이수현이 누군데……."

"국장님, 결과 나왔습니다!"

윤 국장이 정한춘을 바라보며 희미하게 웃음을 지을 때 문이 벌컥 열리며 전산실 직원이 뛰어 들어왔다.

그러자 윤 국장이 그가 들고 있던 종이를 낚아채더니 뚫어지게 바라봤다.

그 모습을 보면서 사형수가 집행을 기다리는 것처럼 정한춘은 꼼짝도 하지 못했다.

저 종이 한 장에 여기서 죽느냐 사느냐가 결정된다.

"흐흐흐……."

정신없이 종이를 바라보던 윤 국장의 입에서 이상한 웃음이 흘러나오기 시작했다.

씨발, 살았다.

저 웃음은 윤 국장이 극도로 기분이 좋을 때 흘리는 웃음이었으니 결과가 좋다는 뜻이었다.

"국장님, 얼맙니까?"

"24% 나왔다. 봐라."

윤 국장이 종이를 내밀자 정한춘이 종이에 적혀진 숫자를 정신없이 읽어 내렸다.

깨알같이 적혀진 숫자들.

거기에는 드라마가 방송되는 동안 공중파를 비롯해서 종편의 시청률이 시간대별로 깨알같이 적혀 있었는데 국장의 말대로 신비한 남자라 적힌 칸에는 24라는 숫자가 방긋거리며 웃고 있었다.

더군다나 첫 방송에 불과했는데도 JYN의 '비적'과 2%밖에 차이가 나지 않았다.

이 숫자는 금방 '비적'을 제치고 비상할 수 있다는 것을 의미하는 것이었다.

숫자를 확인한 정한춘의 표정은 어느새 사형수에서 전쟁을 승리로 이끈 장군의 모습으로 변해 있었다.

당당하게 일어선 그가 윤 국장을 빤히 바라보며 손을 내밀 수 있었던 것도 다 24%라는 숫자가 지닌 위력 때문이었다.

"주시죠?"

"뭘?"

"내일 촬영 끝나고 오랜만에 스태프들 고기 좀 사줘야겠습니다. 현찰로 주실래요, 아니면 카드로 주실래요?"

"끙… 이 자식아, 현찰이 지금 어디 있냐? 카드 줄 테니까 실컷 처먹어. 대신 시청률 떨어지면 네 봉급에서 다 깔 거야. 알았어?"

"넵."

"첫 방에 불과하다는 거 잊지 마. 이 기세를 타고 계속 올려야 너도 살고 나도 산다. 그러니까 끝까지 최선을 다하란 말이야!"

*　　　　*　　　　*

이승환은 사무실에 들어서면서 연신 싱글벙글 웃음을 흘렸다.

그 모습을 본 윤철욱이 자연스럽게 사장 방으로 따라 들어왔는데 그 웃음의 의미를 잘 알고 있었기 때문에 그의 얼굴에도 웃음이 담겨 있었다.

"첫 방에서 그 정도면 꽤 훌륭한 편입니다. 우리 마누라가 재밌다고 난리더군요."

"지금 도영이 어디 있냐?"

"촬영 갔죠. 오늘은 액션 신을 찍는답니다."

"그놈 텔레비전 화면발도 죽여주더라. 너도 봤지?"

"원래 잘생긴 놈 아닙니까. 그놈 단점은 갈수록 매력적으로 변한다는 것밖에 없어요."

"크크크……"

윤철욱의 대답에 이승환의 입에서 기괴한 웃음이 흘러나왔다.

그 역시도 같은 생각을 가졌기 때문이다.

히어로 때의 카리스마를 생각한다면 어제 방송되었던 신비한 남자에서 보여준 강도영의 연기는 마법과도 같은 변신이었다.

더군다나 백수라는 걸 증명하는 듯이 허름한 옷차림을 입었고 얼굴도 부스스하게 분장했음에도 그 나름대로의 매력이 철철 흘러넘쳤기 때문에 어쩌면 강도영으로 인해 드라마가 끝나는 순간 백수 패션이 유행할지도 몰랐다.

"윤 실장, 이번 신비한 남자가 40%를 넘으면 바빠질 거야. 그러니까 준비 단단히 하고 있어."

"무슨 준비요."

"광개토대제 들어가기 전에 막간을 이용해서 광고 찍어야지. 이번에 대박 나면 아마 줄을 설 거다."

"그거 김칫국 아닙니까. 이제 첫 방인데 너무 하시네요."

"푸하하… 김칫국이라도 좋아. 이번에 돈 좀 벌어서 우리도 사옥 한번 사보자."

"아이고."

윤철욱이 이승환의 원대한 꿈을 들으며 비명을 내지르는 시늉을 했다.

그럼에도 얼굴에는 웃음이 가득 들어 있었다.

강도영이란 신인을 발굴한 지 5년째에 들어오면서 꽃이 피기 시작했다.

강도영으로 인해 벌어들인 돈만 해도 벌써 10억이 넘었으나 그건 앞으로의 일을 생각한다면 아무것도 아니었다.

이승환의 꿈이 현실화되는 건 시간문제에 불과했다.

예상대로 신비한 남자의 시청률이 40%를 넘어가면 광고 한

편당 10억이란 돈을 받아낼 수 있었다.

그동안은 강도영의 이미지를 훼손하지 않기 위해 자잘한 광고를 전부 거절했지만 40%를 넘으면 톱스타들만 출연한다는 전자제품이나 화장품, 그리고 이동통신과 의상까지 줄줄이 섭외가 들어올 가능성이 컸다.

광고는 드라마나 영화와 달리 기획사에게 고부가가치 산업이었다.

단기간에 엄청난 수익을 올리는 광고가 몰리기 시작한다면 강도영은 물론이고 '페이스'도 탄탄한 반석에 오를 수 있었다.

이승환과 윤철욱이 신비한 남자의 성공을 간절히 바라는 것은 강도영은 물론이고 여주인공으로 출연한 강민경도 있기 때문이었다.

그녀 역시 페이스 소속이었으니 일타쌍피란 이런 경우를 말하는 것이었다.

"강도영에게 광고 들어오는 거하고 강민경한테 들어오는 거하고 조합을 맞춰봐. 어차피 걔들 드라마에서도 커플로 나오니까 광고하는 애들도 좋아할 거다."

"들어오면 검토해 보겠습니다."

"야, 들어오면이 아니라니까. 드라마에 대한 반응은 한 달이면 결판나고도 남아, 광고하는 애들이 얼마나 빠른지 알면서 그래. 리스트 쫙 뽑아놓고 기다리란 말이야."

"아주 저를 죽이세요."

윤철욱이 입술을 주욱 내밀며 지그시 눈을 감았다.

강력한 거부의 몸짓이었다. 그 많은 광고 리스트를 정리해서 가능한 것들에 대한 조합을 하기 시작한다면 일주일은 꼬박 고생을 해야 한다.

하지만 이승환은 그런 거부의 몸짓을 모른 체하며 다른 이야기를 꺼냈다.

"그런데 윤 실장, 혹시 둘이 사귀는 건 아니지?"

"누가요?"

"도영이랑 민경이 말이야. 걔들 보니까 친하게 지내던데… 네 눈치는 어떠냐?"

"아닙니다. 두 사람은 친구예요."

"확실해?"

이승환이 얼굴을 디밀자 윤철욱이 고개를 갸웃거렸다.

그러고 보니 뭔가 이상한 느낌도 들었기 때문이다. 그럼에도 그는 뻔뻔한 얼굴로 이승환을 째려봤다.

"제가 점쟁이로 보입니까? 남녀관계가 어떻게 변할지 알고 확신을 해요. 사장님은 형수님하고 처음부터 사랑한 사이였습니까?"

"아주 이제 대놓고 대드는구만. 궁금해서 물어본 거지, 누가 너보고 책임지래?"

"그러니까요."

"어쨌든, 잘 살펴봐. 그리고 만약 사실이라면 철저하게 통제해야 돼. 알았지?"

"무슨 말씀인지 알겠습니다. 연애 문제 해결에는 제가 전문가 아닙니까. 둘이 딱 붙은 게 사실이라도 절대 아무 일도 생기지 않도록 조치할 수 있으니까 사장님은 아무런 걱정하지 마시고 사옥 부지나 알아보세요."

*   *   *

강도영은 자신을 빤히 바라보는 강민경의 시선을 받으며 이를 악물었다.

유태희 역을 맡은 강민경이 자신에게 이별을 통보하는 장면이었다.

신비한 남자에서 드라마의 한 축을 담당하고 있는 유태희는 재벌가의 여식답지 않게 개념이 꽉 차 있었고, 사랑에 대한 용기와 일에 대한 열정을 가지고 있는 매력이 철철 넘치는 여자였다.

비록 그룹이 위기를 맞으며 정략결혼의 희생양이 되었기에 이별을 통보할 수밖에 없었으나 그녀의 눈에는 아직도 이강산을 사랑하는 눈물이 담겨 있었다.

강민경의 연기는 오늘따라 더욱 실감났다.

강도영을 보면서 주르륵 떨어지는 눈물이 너무나 맑고 투명했고 눈가에 들어 있는 슬픔은 애처로움을 자아내기에 충분했다.

정한춘의 오케이 사인이 떨어졌지만 강도영은 자리에서 일어나지 않았다.

그녀의 눈물이 그를 자리에서 일어나지 못하게 만들었기 때문이다.

"민경 씨, 무슨 일 있구나. 그렇지?"

"응."

"안 좋은 일이야?"

"응."

"말하고 싶지 않은 일이면 말하지 않아도 돼. 눈물 닦고 천천히 일어서. 나 먼저 일어날게."

강도영이 슬며시 일어나려고 하자 손수건으로 연신 눈물을 닦던 강민경의 시선이 급하게 다가왔다.

그러고는 천천히 입이 열렸다.

"도영 씨 눈에는… 내가 전혀 안 예뻐?"

"아니, 넌 매력적이야. 아주 많이."

"그런데 왜… 왜 나는 안 돼?"

강도영이 사인을 보내 서현탁에게 오지 말라는 신호를 보냈기 때문에 스태프들이 철수하는 동안 그들에게 다가온 사람은 아무도 없었다.

워낙 촬영하면서 가깝게 지냈기 때문에 스태프들은 물론이고 연기자들은 그들이 뒷정리를 하느라 일어서지 않는 것이라 생각했을 것이다.

떨리는 눈으로 바라보는 시선.

강민경의 눈은 겁에 잔뜩 질린 사슴의 눈을 닮아 보였다.

그럴 것이라 생각하는 것과 그런 것은 많은 차이가 있다.

예상했던 것이 원하지 않은 내용이고 듣기 어려운 것이었을 때 사람들은 자신도 모르게 인상이 굳어지게 된다.

강도영이 그랬다. 강민경의 눈물에 담긴 슬픔이 자신과 연관되어 있을 거란 예상이 들어맞자 그는 한동안 아무런 말도 하지 못했다.

"너… 은서 씨 만났구나. 그렇지?"

"맞아. 은서 봤어. 고민 상담 하려고 했는데 걔가 전혀 상상하지 못했던 말을 하더라."

"무슨 말?"

"도영 씨와 사귄다고 했어. 1년도 넘게. 그거 사실이야?"

"응. 난 은서 씨를 사랑하고 있어. 사귀고 있다는 거 미리 말하지 못해서 미안해. 하지만 늦게 알게 돼도 이해해 줄 거라 생각했어."

강도영이 시인을 하자 강민경의 얼굴에 절망이 어리기 시작했다.

인정하고 싶지 않은 사실.

사랑하는 사람에게 먼저 온 사랑이 있다는 것은 가장 듣기 싫은 대답이었다.

"왜 그랬는데. 내가 은서보다 먼저였어. 도영 씨를 만난 건 내가 훨씬 먼저였잖아. 그런데 왜 난 안 되고 걔는 되는데. 내가 그렇게 좋아한다는 걸 눈치 줬는데도 나한테는 전혀 관심조차 보이지 않았잖아. 내가 그 정도로 매력이 없었니?"

"넌… 누구보다 매력 있고 아름다운 여자야. 사랑받아 충분할 만큼."

"흑……!"

강도영의 대답에 그녀의 눈에서 멈췄던 눈물이 다시 흐르기 시작했다.

차라리 다른 대답이었다면 자리에서 일어났을 테지만 그녀를 바라보는 강도영의 아련한 시선은 그녀를 움직이지 못하게 만들고 있었다.

"난 오래전에 한 여자를 사랑한 적이 있었어. 그녀는 내가 그녀를 사랑하는지도 몰랐지. 그녀와 나는 다른 세상에서 살고 있었기 때문에 그저 지켜만 보면서 짝사랑을 하는 게 전부였는데 난 바보같이 너처럼 용기를 내어 좋아한다는 고백조차 하지 못했어. 그래도 아프더라……. 그만큼 좋아했으니까. 그녀를 나중에 만났지만 다시 시작하기엔 그녀를 떠나보내면서 만들어진 상처와 아픔이 너무 크게 내 가슴속을 차지하고 있었어. 그래서 모른 체했어. 과거의 감정으로 돌아가기엔 그 기억이 너무 싫었거든."

"왜… 왜 그런 이야기를 나한테 하는 거지?"

"사랑은… 정해진 시간이 흐르고 나면 물결처럼 흘러 사람들의 마음속에서 사라져 가. 그리고 새로운 사랑이 찾아오지. 내가 사랑했던 사람도 어디선가 그녀가 만들어낸 사랑 속에서 만남과 슬픔, 아름다운 추억과 이별을 만들고 있을지 몰라. 바로 너처럼……. 그러고는 언젠가는 진정한 사랑을 만나 행복한 삶을 살아가겠지, 은서 씨를 만나 사랑을 시작한 바로 나처럼 말이야. 그러니까 울지 마."

제35장
영광의 순간

김이정은 두 딸과 함께 텔레비전에 앉아 신비의 남자 2회를 보면서 연신 입을 놀렸다.

드라마는 이렇게 봐야 재밌다.

비록 대화 상대가 딸들이었지만 점점 성장하면서 친구처럼 여겨졌기 때문에 그녀는 딸들과 의견을 주고받으며 화면에서 눈을 떼지 못했다.

화면에서는 강도영이 여대생과 미팅하는 장면이 나오는 중이었다.

"미연아, 요즘 여대생들 중에 정말 저런 애가 있니?"

"헤헤… 아마 있을 거야. 요즘 여대생들은 자유분방하거든."

"우리 때는 안 그랬는데 요즘 여대생들 무섭다. 절대 너는 그러지 마라. 여자는 몸 간수를 잘해야 되는 거야."

"전혀 문제없어요. 난 쟤처럼 돈도 없고 예쁘지도 않잖아. 그러니까 걱정 마셔."

큰딸의 대답에 김이정의 얼굴이 일그러졌다.

이것이 대학 가더니 점점 말속에 뼈를 담고 있었다.

"역시 강도영이야, 한칼에 베어버리네. 쟤 황당해하는 것 좀 봐, 키키킥."

둘째 딸이 여대생의 제안을 뿌리치면서 단호하게 일어서는 강도영을 바라보며 통쾌하다는 듯 이상한 웃음을 흘렸다.

같은 여자임에도 돈과 미모를 가지고 남자들을 사냥하는 드라마 속의 여대생이 꽤나 미웠던 모양이었다.

재밌는 것은 왜 이리 빠르게 지나가는지 모르겠다.

미팅 장면이 끝나고 여러 가지 에피소드가 나오더니 신은서가 강도영을 추적하는 장면이 나왔다.

시간을 흘끗 바라보자 벌써 50분이나 흘렀기 때문에 드라마는 끝을 향해 달려가고 있었다. 프로야구광인 남편은 어느새 딸들처럼 드라마에 푹 빠져 채널을 돌릴 생각조차 하지 못할 만큼 정신을 놓고 있었다.

그러니까 드라마를 봐야 정서상 좋다고 얼마나 주장했어.

이 기회에 남편이 프로야구를 끊고 드라마의 세계로 들어왔으면 좋겠다는 생각이 들었다.

텔레비전에서는 커다란 홀을 가진 카페에서 사람들이 식사하는 장면들이 나왔는데 그런 장면이 흐른 후 강도영이 무대로 올라가는 것이 보였다.

"엄마, 강도영이 노래하는가 봐."

"설마……."

"아니면 뭐 하러 무대에 올라가겠어. 그런데 강도영이 노래 잘하나?"

"아휴, 시끄러워. 좀 조용히 해."

눈알이 빠지게 지켜보던 큰딸이 둘째 딸을 향해 소리치는 걸 보며 김이정이 잽싸게 고개를 돌렸다.

여기서 권위에 도전한 큰딸과 시비를 벌여봤자 좋을 게 없었고 그녀 역시 너무나 궁금했기 때문에 침을 꼴깍 삼키며 기타를 드는 강도영을 뚫어지게 바라봤다.

드라마 경력이 수십 년인 그녀의 판단으로 봤을 때 이 장면에서는 무조건 노래가 나온다.

문제는 강도영이 기타를 들고 있다는 것인데 과연 어느 정도의 기타 실력과 노래 솜씨를 보여줄지 궁금할 뿐이었다.

"옴마나……."

화면을 통해 예상치 못했던 기타의 절묘한 음률이 터지자 김미연과 김정연이 동시에 소리를 질렀다.

아르페지오 주법으로 연주되는 기타의 선율은 그녀들도 너무나 잘 알고 있는 '그대 사랑'이란 노래의 전주곡이었다.

"와아… 끝내준다."

김미연이 감탄을 터뜨리며 입을 다물 줄 몰랐다.

그녀는 클래식 기타 동아리에 소속되어 있었기 때문에 그저 흉내만 내는 것인지 정말 직접 연주하는 것인지 금방 알아볼 수 있는 눈을 가지고 있었다.

"엄마, 저거, 정말 강도영이 치는 거야. 저 사람 기타 솜씨가 대단해……."

김이정이 뭐라 대답하기도 전에 전주곡이 끝나고 강도영이 노래를 부르기 시작했다.

기타와 어우러진 부드러운 목소리.

김이정과 두 딸은 화면을 가득 채운 채 자신들을 바라보는 강도영의 노래를 들으며 꼼짝도 하지 못했다.

그의 노래는 솜사탕처럼 달콤하고 아련하게 귀를 간지럽혔는데 강도영의 외모와 절묘하게 어우러져 그녀들의 정신을 달나라로 보내고 있었다.

＊　　　　＊　　　　＊

신비한 남자 2회가 방송된 다음 날 '강도영 노래'란 단어가 각종 포털 사이트 검색어 1위를 휩쓸었다.

마지막 노래를 하는 엔딩 장면의 조회 수는 아침부터 시간당 만 명을 상회하더니 저녁 9시를 기준으로 45만까지 치솟았다.

각종 블로그와 카페, 밴드에서는 강도영이 노래를 직접 했는가를 가지고 난상 토론이 벌어졌다.

아니라는 쪽은 평소의 강도영 음성과 노래 부를때의 목소리가 달랐다는 주장을 펼쳤고 그가 노래한 게 맞다는 쪽은 카페를 가득 채운 관객들의 표정과 기타를 치는 강도영의 손가락 움직임을 증거로 제시했다.

설왕설래.

하루 종일 인터넷을 뜨겁게 달군 강도영의 노래로 인해 연예계 기자들이 정신없이 움직이기 시작했다.

대중들의 궁금증을 풀어주는 것이 그들의 본분이었으니 기자들은 신비한 남자 측에 공식적인 질문을 해서 기어코 진실을 밝혀내는 끈질김을 보여주었다.

강도영의 노래가 립싱크였다는 것이 밝혀지자 대중들은 실망하는 모습을 감추지 못했다.

스타가 직접 시청자들을 감동시키는 노래를 불렀을 때 느끼는 쾌감을 빼앗겼다는 생각 때문이었다.

그럼에도 신비한 남자는 단 2회 만에 수많은 화제를 뿌리며 인기를 얻어가고 있었다.

＊　　　　　＊　　　　　＊

　　강도영이 마지막 촬영을 한 것은 신비한 남자가 서서히 신드롬을 일으키기 시작한 10월 말이었다.

　　이수현은 신비한 남자 이강산의 정체를 마지막에 가서야 밝혔고 신은서와 결혼하는 것으로 막을 내렸다.

　　신비한 남자의 엔딩 장면은 비록 이강산과의 결혼에는 실패했지만 근래에 찾아보기 어려울 정도로 화려한 매력을 지닌 유태희가 두 사람의 결혼식을 보면서 당당하게 떠나는 장면이었다.

　　마지막 장면을 찍기 위해 웨딩드레스로 갈아입은 신은서는 천사처럼 예뻐 보였다.

　　그녀는 하루 종일 방글거리며 웃었는데 정말 새신부가 된 양 웃음을 숨기지 못해서 사람들의 놀림을 받곤 했다.

　　턱시도로 갈아입은 강도영이 나타나자 신은서가 살금살금 다가와 그의 옆에 서면서 남들이 알아듣지 못하도록 조심스럽게 입을 열었다.

"도영 씨, 나 이 옷 너무 마음에 들어요. 어때요, 예쁘죠?"

"정말 예쁘다. 마치 천사처럼 보이는걸요."

"호호… 도영 씨도 멋있어요. 역시 도영 씨는 정장이 잘 어울려."

"사람들이 보니까 이제 가서 촬영 준비 해요."

"힝… 싫어요. 도영 씨랑 같이 있을래요."

두 사람이 대화하는 걸 보면서 사람들이 웅성거리자 강도영이 그녀를 보내려고 했으나 신은서는 가기 싫다는 듯 작은 몸짓으로 앙탈을 부렸다.

선남선녀가 따로 없다.

웨딩드레스와 턱시도로 갈아입은 두 사람은 세상에서 가장 아름다운 연인이 되어 사람들의 부러움을 한 몸에 받았다.

신은서는 그런 사람들의 시선을 드라마가 아니라 현실에서 받고 싶었던 모양이었다.

안다, 그 마음.

강민경과의 일을 알고 있음에도 신은서는 강도영에게 아무런 말도 하지 않았다.

힘들었을 것이다. 강민경 같이 아름다운 여자가 자신의 남자를 좋아한다는 걸 아는 순간 많은 고민과 혼란을 겪었을 게 분명했다.

그럼에도 강도영에게 어떤 말도 하지 않은 것은 그녀의 품성이 그만큼 사려 깊다는 것을 단적으로 알려주는 것이었다.

강도영에게 떠밀려 신부 대기실로 간 신은서는 마지막으로 화장을 고치고 촬영이 시작되기를 기다렸다.

이상하게 마음이 들떴다.

드라마를 찍기 위해 분장한 것에 불과했으나 막상 강도영과 함께 예식장에 선다는 것만으로도 가슴이 콩닥콩닥 뛰는 것을 막을 수가 없었다.

그동안 강도영과 사귀며 수없이 많은 상상을 해왔다. 그리고 그 상상의 끝은 언제나 오늘과 같이 순백의 드레스를 입고 그와 함께 걸어가는 것이었다.

*　　　　*　　　　*

강민경은 엘리베이터를 타고 결혼식이 벌어지는 8층으로 올라갔다.

마지막 장면을 그녀가 장식할 거라 예상하지 못했다.

하지만 이수현은 사랑을 잃어버렸으나 여자들의 로망이었던 유태희를 엔딩으로 집어넣어 시청자들의 아쉬움을 달래주는 것으로 글을 마무리하고 싶었던 모양이었다.

화려한 의상.

그룹사를 이끌며 상류 사회 사교계를 지배했던 그녀는 몸매가 완벽하게 드러나는 검은색 투피스에 스웨이드 코드를 입었는데 여자들이 가장 좋아하고 선망한다는 파워 오피스룩이었다.

레일을 따라 카메라가 그녀를 따라왔다.

당당하게 사랑했던 남자의 결혼식을 지켜보기 위해 걸어가는 그녀의 표정은 조금의 어둠도 담겨 있지 않아야 했다.

뒤늦게 식장에 도착한 그녀가 먼 곳을 향해 시선을 던졌다.

하객들의 환호성을 받으며 강도영과 신은서는 행복한 모습으로 사진을 찍고 있었다.

복잡한 시선. 아무리 당당하게 현실을 받아들인다 해도 사랑했던 사람의 결혼식을 보면서 냉정함을 유지한다는 것은 어울리지 않기에 그에 맞는 표정과 시선을 보여주는 것이 필요했다.

실망감과 슬픔, 부러움, 그리고 절망을 극복하는 용기 같은 것들이 표정에 담겨 있어야 했다.

문제는 작가가 요청한 시선 처리를 강민경이 끝까지 유지하지 못했다는 것이었다.

강민경은 결혼식장에 들어서서 두 사람을 보는 순간부터 시선이 흔들리기 시작하더니 강도영이 신은서에게 키스하는 장면을 보면서 기어코 눈물을 흘리고 말았다.

내 자리가 저기였기를 간절히 바랐으나 강도영의 옆에는 그녀가 아니라 신은서가 차지하고 있었다.

두 사람이 사귄다는 것을 인정할 수밖에 없었지만 마음을 접기에는 많은 시간이 필요했다.

사랑이란 한순간에 상황이 바뀌었다고 해서 접을 수 있는 게 아니었으니 그녀는 짝사랑했던 시간만큼 고통스러운 시간을 보내고 있었다.

"컷!"

강민경이 갑자기 눈물을 흘리자 유심하게 표정 연기를 지켜보던 정한춘의 입에서 커다란 목소리가 흘러나왔다.

이번 장면은 드라마의 엔딩 신이었기 때문에 무엇보다 표정 연기가 중요했다.

사랑 앞에 당당한 여인의 모습.

이수현이 원한 것은 드라마 전반에서 흘렀던 여자들의 로망과 아픔을 섬세하게 나타내어 현대사회가 가지는 결혼의 의미를 시청자들에게 보여주는 것이었다.

그 말은 결코 강민경의 눈에서 눈물이 흘러나와서는 안 된다는 것을 의미했다.

"민경 씨, 대본 안 읽었어?"

"감독님, 죄송해요."

"뭐야, 갑자기 왜 울고 그래. 무슨 일 있어?"

"잠깐 감정 조절이 안 돼서 그랬어요. 금방 진정될 테니까 다시 한 번 부탁드릴게요."

"좋아, 사람들 많이 기다리니까 최대한 빨리 가자고. 무슨 일인지 모르겠지만 지금은 연기에 집중하란 말이야. 알았어!"

＊　　　　＊　　　　＊

JYN의 드라마 '비적'을 만든 이덕환은 텔레비전을 보면서 한숨을 길게 내리쉬었다.

'비적'의 마지막 회 시청률은 28%로 끝을 맺었다.

'비적'은 뒤로 갈수록 시청자들의 흥미를 잡아끄는 내용으로 가득 차 있었으나 신비한 남자가 방송을 시작하면서 시청률이 답보 현상을 보이더니 끝내 30%를 넘지 못하고 종영이 되었다.

미치고 펄쩍 뛸 노릇이었다.

남자 배우들 중에서 톱클래스인 김현성이 출연했고 사극 부분에서 명성을 날리는 김주열 작가가 대본을 썼기 때문에 드라마를 만들면서 최소 30%는 훌쩍 넘길 거라 예상했으나 결과는 만족스럽지 못했다.

드라마를 제작하는 동안 JYN에서는 전폭적인 지원을 아끼지 않았다.

주인공 김현성은 물론이고 그의 연인으로 나오는 장미진

역시 인기 정상을 달리는 배우였다. 거기에다 조연으로 출연하는 배우들이 화려했고 사극 드라마 중에서 가장 큰 제작비를 들였기 때문에 '비적'의 실패는 더욱 충격이 컸다.

드라마는 초반 시청률이 20%를 넘어서면서부터 탄력을 받는다.

현대사회는 꼭 텔레비전에서 생방을 보지 않더라도 다른 미디어를 통해 드라마를 접하는 경우가 많기 때문에 시간이 지나면서 점점 시청률이 올라가는 경우가 대부분이었다.

그런 면에서 봤을 때 비적의 실패는 신비한 남자의 영향으로 인한 것이 분명했다.

신비한 남자는 첫 방 시청률이 24%를 찍고 꾸준히 시청률이 오르더니 저번 주에는 기어코 32%를 찍었다.

불과 절반이 방송되었을 뿐인데도 32%를 찍었다는 것은 그동안 보여줬던 이수현의 막판 저력을 감안했을 때 40%를 넘는 건 일도 아니라는 뜻이다.

"휴우……."

텔레비전에서는 신비한 남자 9회가 방송되고 있었다.

드라마 피디였으니 바쁜 와중에도 다른 방송국의 경쟁 드라마들은 반드시 챙겨보는 것이 버릇처럼 굳어졌다.

신비한 남자의 첫 방은 그리 강렬하지 않았다.

고등학교 시절에 이어 백수가 된 주인공의 모습이 잔잔하게 그려져 초반부터 치고 나가는 다른 드라마와 비교한다면 시청자들에게 강렬한 인상을 주기 어려운 내용이었다.

그러나 이덕환은 신비한 남자의 첫 방을 보면서 속으로 커다란 불안감을 느꼈다.

이수현 특유의 대사발과 강도영의 매력이 합쳐지면서 눈을 떼지 못하게 만드는 힘을 보여줬기 때문이다.

TCN에서 강도영을 주인공으로 발탁했다는 소리를 들었을 때 회심의 미소를 지었다.

비록 히어로에서 대단한 카리스마를 선보이며 화려한 액션신으로 인기를 얻었으나 강도영은 신인에 불과했기 때문에 공중파를 통해 나가는 드라마에서 한계를 드러낼 것이라 예상했기 때문이다.

더군다나 강도영이 인기를 얻었다 해도 김현성에 비하면 한참이나 부족하다는 게 그의 판단이었다.

김현성은 오래전부터 여자들이 꼽은 데이트 상대 1위에 오를 정도로 절정의 인기를 구가하고 있었으니 강도영과는 근본적으로 격이 다른 배우였다.

하지만 이덕환은 강도영이 화면에 모습을 드러내는 순간부터 뭔가 잘못되었다는 생각이 들었다.

그는 벌써 15년이 넘도록 드라마 쪽에서 잔뼈가 굵은 사람이었기에 누구보다 배우를 보는 눈이 탁월했다.

그의 머릿속에 들어 있던 것은 히어로에서 대단한 카리스마를 보여주었던 강도영의 모습뿐이었는데 막상 텔레비전에 비춘 강도영은 전혀 다른 사람이 되어 있었다.

무서울 정도로 깊은 눈을 가진 마력의 얼굴.

강도영이 새삼 두렵게 느껴졌다.

이전에도 영화와 광고를 보면서 잘생겼다는 생각을 했지만 신비한 남자에 나온 강도영의 모습은 남자인 자신이 봐도 정말 감탄이 나올 만큼 대단한 매력을 뿜어냈다.

9회까지 진행되는 동안 강도영은 회가 거듭될수록 탄탄한 연기력을 보여줬는데 배역과 완전히 동화된 것 같았다.

신비한 남자가 32%란 시청률을 보이고 있는 것은 이수현의 스토리텔링 능력도 큰 몫을 차지했지만 강도영이 주인공 역을 맡았다는 게 결정적이란 생각이 들었다.

그만큼 강도영은 시간이 갈수록 시청자를 완전히 사로잡고 있었다.

신비한 남자의 시청률이 급격하게 치솟기 시작한 것은 현수의 농간으로 인해 유치장에 구속되었다가 이강산이 누군가에게 도움을 청한 후 금방 풀려나면서부터였다.

재벌가의 오만으로 인해 유태희와 헤어진 다음 이강산의 정체가 캘리포니아 경영대학원의 최연소 박사라는 것이 밝혀진 후 시청자들의 반응은 폭발적으로 변하기 시작했다.

그 후로 유태희의 집안인 대원그룹이 무리한 사세 확장으로 휘청거리면서 전 세계적인 글로벌 기업 천하그룹으로 인수가 확정되었을 때 드디어 주인공의 정체가 밝혀졌다.

꿈속의 백마 탄 왕자.

신비한 남자의 주인공 이강산이 오랜 백수 생활을 청산하고 천하그룹의 후계자로 등장하는 것이었다.

상투적인 내용임에도 시청자들이 주인공의 변신에 열광한 것은 워낙 드라마를 끌고 오면서 만들어낸 장치들이 절묘했고 상상과 기대를 자극하는 내용들로 가득 차 있었기 때문이다.

14회부터 내용이 급진전된 신비한 남자는 온갖 포털 사이트에 화제를 뿌리며 시청률을 40%를 넘기는 쾌거를 이루었다.

인터넷에서는 온통 신비한 남자 이야기로 도배가 되었고 동네 아줌마들 사이에서는 신비한 남자의 내용을 모르면 간첩으로 여겨질 만큼 대단한 인기를 얻었다.

하지만 그것은 직장인들 사이에서도 마찬가지였다.

특히 오피스 걸로 불리는 젊은 여성들은 주인공 역을 맡은 강도영의 완벽한 변신에 열렬한 환호를 보내며 열광했다.

백수를 상징하는 청바지를 벗어던지고 푸른 정장을 입은

채 정재계 인사들로 가득 찬 파티장에 당당하게 나타난 강도영의 모습이 그녀들에게는 꿈속에서 간절히 그리던 백마 탄 왕자보다 훨씬 멋져 보였기 때문이다.

가히 강도영 신드롬이라 부를 만했다.

강민경과 신은서의 인기도 덩달아 치솟았다.

강민경은 직장인들 특히 오피스 걸들과 아줌마들이 동경하는 완벽한 캐리어우먼의 모습을 드라마 전반에서 보여주며 여자들의 워너비가 되었다.

마지막 순간 집안 어른들의 반대와 재벌이라는 현실, 그리고 회사를 살려야 한다는 이유 때문에 주인공을 배신하는 역할이었지만 사랑에 솔직하고 자신의 삶을 열정적으로 살아가는 모습을 보면서 시청자들은 그녀에게 성원을 아끼지 않았다.

반면에 신은서는 남자 팬들에게 압도적인 지지를 받았다.

백수인 하숙생을 처음부터 끝까지 사랑하는 비련의 여인상을 소화한 신은서는 마지막 순간 주인공과 결혼에 골인하는 신데렐라 스토리를 완성시켜 남자들이 원하는 여성상을 완벽하게 표현했다.

*　　　*　　　*

"얼마냐?"

"43%를 찍었습니다. 드라마 끝날 때쯤이면 45%도 가능할 것 같습니다."

전산실장이 들고 온 종이를 확인하면서 보고를 하자 윤문호의 입이 반쯤 찢어졌다.

7연패란 긴 터널을 뚫고 TCN이 완벽하게 드라마 왕국이란 과거의 영광을 되찾는 순간이었기 때문이다.

그의 앞에 앉아 있던 정한춘의 표정도 그에 못지않게 밝았다.

그는 담당 피디로서 드라마가 시청률 40%란 대박을 터뜨렸기 때문에 상당 금액의 보너스를 받게 될 것이고 고과 점수도 최고점을 받기 때문에 얼굴에서 웃음이 가시지 않았다.

"정 피디."

"예, 국장님."

"사장님께서 신비한 남자 팀한테 상을 내리고 싶단다. 뭐가 좋겠냐?"

"보너스 말고요?"

"그건 기본이잖아. 그거 말고 원하는 거 말해봐."

"그럼 대박쳤으니 해외여행이나 시켜주십시오. 한 일주일짜리로요."

"발리나 하와이 정도면 되겠어?"

"그렇게만 해주시면 감지덕지죠."

"좋아, 그럼 일정 짜봐. 그리고 특별 편으로 휴가 때 즐기는 모습을 찍어서 올리도록 준비해. 그냥 공짜로 갈 수는 없잖아."

"어이구, 꼭 그렇게까지 해야겠습니까. 그냥 맘 편하게 놀고 오면 안 돼요?"

"이 자식아, 놀다 오라고 보내는 건데 뭔 불만이 그리 많아. 놀면서 카메라 좀 돌리라는 게 그렇게 어려워."

"하여간 대단하십니다."

"크크크… 월급 받고 사는 게 그리 쉬운 줄 알았어?"

윤 국장의 입에서 괴물 같은 웃음이 새어 나왔다.

포상 휴가는 배우들과 같이 떠나는 게 룰이기 때문에 윤 국장 말대로 휴가 장면을 찍으면 공짜로 필름을 얻을 수 있고 회사도 홍보하는 특수 효과를 노릴 수 있었다.

윤 국장은 그런 기회를 절대 놓치지 않을 만큼 충분히 비상한 머리를 가진 사람이었다.

하지만 정한춘도 만만치 않았다.

"국장님, 연말 연기 대상 시상식 때 전 뭘 입어야 되겠습니까?"

"뭔 소리야?"

"집에 옷이 별로 없어서 미리 준비해야 되거든요. 최우수 작품상을 받으려면 정장 하나 준비해야 되지 않겠습니까?"

"장만해. 보너스 받으면 그걸로 좋은 거 사라."

"정말입니까?"

"옷 사는 걸 누가 말려. 그런데 왜 그걸 나한테 묻냐?"

윤 국장이 자신을 빤히 쳐다보는 정한춘의 시선을 피하며 슬쩍 얼굴을 돌렸다.

이런, 젠장.

맛있는 과실은 실컷 따 먹고 결국은 경영진의 의도에 따라 배신을 때릴 수도 있다는 신호로 보일 만큼 그의 태도는 의심 스러웠다.

그랬기에 정한춘의 얼굴에서 웃음이 서서히 지워졌다.

"국장님, 최근에 시청률 40% 넘은 건 신비한 남자가 유일합 니다. 그런데 최우수 작품상을 못 받는다면 그게 말이 된다고 생각합니까?"

"누가 못 받는대? 고생한 거 인정해. 성과가 좋으니까 결과 도 좋지 않겠어?"

"그런데요?"

"작년에 연기 대상 끝나고 우리 회사가 엄청난 비난에 시달 렸다는 거 너도 잘 알잖아. 언제부터 연기 대상이 인기 위주 로 됐느냐고 하도 지랄해서 올해는 평가 기준이 많이 달라진 다는 소릴 들었다. 시청자들의 인기투표를 완전히 배제하고 전문가들이 작품의 완성도를 보는 쪽으로 가닥이 잡히고 있단 말이야."

"그럼 우리는 상을 못 받을 수도 있다는 말입니까?"

"미안한 말이지만 평가 기준이 바뀌기 때문에 어떻게 될지 모른다는 뜻이다. 세상일이 어디 내 맘대로 다 되는 거 봤냐? 하여간 고생했으니까 푹 쉬고 있어. 내가 최대한 노력해 볼 테니까 말이야. 40%를 넘겼는데 상을 못 받으면 나도 쪽 팔려."

＊　　　　＊　　　　＊

신비한 남자가 마지막 회를 방송하는 날.

김이정은 가족들과 함께 거실에 나란히 앉아서 드라마가 시작되기를 기다리고 있었다.

이제 남편도 신비한 남자의 팬이 되었기 때문에 소파에 앉아서 양반다리를 한 채 기다리고 있었는데 언제부턴가 두 딸보다 먼저 자리를 잡았다.

이윽고 드라마가 시작되자 가족들이 전부 침을 꼴깍 삼켰다.

오늘 방송을 끝으로 더 이상 강도영을 볼 수 없다는 아쉬움에 두 딸은 벌써부터 몸살을 앓고 있었다.

"엄마, 강도영 얼굴 좀 봐. 물광 입혔나. 막 빛나는 거 같지 않아?"

"야, 오빠한테 너무 막말하지 마라. 저게 어디 물광으로 보이니. 말도 안 되는 소릴 하고 있어."

"그럼 뭔데?"

"그냥 자체에서 윤이 나는 거야. 얼굴에서만 그러는 게 아니잖아. 자세히 보면 몸 전체에서 빛이 난다니까."

"어이구, 드디어 우리 언니가 미치셨군요."

둘째 딸 김정연이 언니인 김미연의 어깨를 흔들며 정신 차리라는 듯 소리를 질렀다.

사람인 이상 몸에서 빛이 날 리는 없다.

그녀의 눈에 그렇게 보인 것은 워낙 매력적인 모습에 엔도르핀이 과다 분비 되면서 눈에 환각 작용을 했기 때문일 것이다.

두 딸이 떠들어도 김이정은 텔레비전 화면에 온통 시선을 고정시킨 채 꼼짝하지 않았다.

신은서가 결혼 준비를 하면서 엄마와 함께 티격태격하는 장면이 재밌게 그려지고 있었기 때문이다.

그 모습이 자신의 일처럼 여겨졌다.

이제 얼마 있지 않으면 그녀 역시 텔레비전 화면에서와 비슷한 일을 벌이며 딸들과 입씨름하게 될 날이 오게 될 것이다.

"우와, 신은서 봐. 천사가 따로 없네."

"우리 미연이도 저렇게 입으면 예쁠 거야. 안 그래요, 여보?"

"당연하지, 우리 딸이 웨딩드레스 입으면 쟤보다 훨씬 예쁠 걸?"

"그만들 하시죠. 드라마 보다가 체하겠어요."

김미연이 대화를 주고받으며 음흉한 웃음을 짓는 엄마, 아빠를 향해 사납게 째려본 후 고개를 홱 돌렸다.

신비한 남자가 시작되면서 언제부턴가 대화가 적어졌던 가족들이 모여 이렇게 농담을 주고받는 일이 많아졌다. 드라마 하나로 가족들 간의 정이 훨씬 깊어졌으니 그들 모두는 이 시간이 너무나 즐거웠다.

이제 화면에서는 강도영과 신은서의 결혼식 장면이 흐르며 점점 엔딩을 향해 다가가고 있었다.

그리고 마지막 강민경이 나타나는 순간 온 가족이 입을 꾹 닫았다.

전혀 예상치 못했던 전개.

강민경은 화려한 포스를 뿜어내며 두 사람의 결혼식을 보기 위해 당당하게 걸어 들어가고 있었다.

"우와, 강민경 정말 대단해. 어떻게 저럴 수 있지?"

"멋지지 않니? 나도 저렇게 살고 싶어."

"멋지긴 한데 사랑은 뺏겼잖아. 사랑이 우선이지. 암, 도영이 오빠 같은 사람하고 알콩달콩 사는 게 최고야. 아무리 멋지게 살면 뭐 해. 사랑을 잃어버리면 저렇게 멋지게 살아도 불행할걸?"

"모르겠다. 저렇게 살고 싶기도 하고, 도영 오빠랑 살고 싶기도 하고. 둘 다 다 하면 좋을 텐데 그게 내 맘대로 돼야 말이지. 그래도 강민경 마음이 이해가 된다. 쟤 얼굴이 이상하게 도도하면서도 슬퍼 보이잖아."

그녀의 말대로 화면에 나타난 강민경의 얼굴은 당당함 속에 아련한 슬픔이 가득 담겨 있었다.

사랑을 잃어버린 여자.

그럼에도 자신의 삶을 후회하지 않기 위해 안간힘을 쓰는 여자의 모습은 보는 사람에게 묘한 안타까움을 심어주고 있었다.

"아이고, 끝났네. 끝났어. 우리 도영이 오빠 얼굴 마지막으로 한 번 더 보여주지. 여기서 이렇게 끝나냐. 아이고, 아까워라."

"아쉽다. 신비한 남자도 끝나고 이젠 무슨 재미로 사냐. 아… 미치겠네."

"난 이대로 그냥 못 끝내. 처음부터 다시 쫘악 봐야겠다. 다시 봐도 재밌을 것 같아."

그동안 신비한 남자를 사랑해 준 시청자들에게 감사하다는 자막이 올라가면서 드라마의 종영 안내가 화면을 채우자 김정연이 바닥을 데굴데굴 뒹굴었다.

하지만 아쉬움을 나타내고 있는 것은 그녀뿐만이 아니었다.

중간에 앉아 있던 김이정도 심지어 소파에서 양반다리를 하고 있던 남편도 입맛을 쩝쩝 다시고 있었는데 뭔가 소중한 걸 잃어버린 사람들처럼 보였다.

*　　　*　　　*

"사장님, 신문 봤습니까?"

헐레벌떡 뛰어 들어온 윤철욱이 신문을 내밀면서 숨을 거칠게 몰아쉬었다.

그의 손에는 두 개의 스포츠 신문이 들려 있었는데 신비한 남자에 관한 기사가 일면 톱을 장식하고 있었다.

최종 시청률 46%.

신문에서는 최근 5년 동안 신비한 남자의 시청률이 가장 높았다는 사실을 보도하고 있었는데 그 성공 배경을 심층 분석 한 내용들로 가득 차 있었다.

이승환의 입꼬리가 바짝 올라간 것은 대문짝만 하게 얼굴이 나온 강도영의 모습을 확인한 후였다.

"윤 실장, 우린 이제 돈방석에 앉을 일만 남았다."

"크크, 좋으시겠습니다. 그렇게 많은 광고가 들어와도 끝끝내 캔슬시키시더니 이젠 받을 생각인 모양이죠?"

"받아야지. 그것도 최고로 좋은 조건을 가진 놈들만."

"정말 10억부터 시작하실 생각입니까?"

"그것도 최소 금액이다. 어떤 놈도 10억 이하면 상대하지 않을 거야. 우리 도영이를 특급으로 안 보는 놈들은 아예 전화도 받지 마."

"조금 아깝네요. 이럴 줄 알았으면 천하자동차 애들하고 전속 계약을 맺는 게 아닌데 말입니다."

"그래봐야 일 년 반 남았어. 금방 지나간다."

"벤츠하고 BMW 쪽에서 문의 전화가 왔단 말입니다. 강도영이 자신들의 광고에 출연할 수 있냐며 의사 타진을 해왔어요. 걔들은 광고 단가가 센 걸로 유명한 놈들 아닙니까."

"죽은 자식 불알 만지지 말고 다른 거나 살펴봐. 특히 맥주 쪽하고 화장품 먼저 섭외하도록. 도영이가 시간이 별로 없다. 광개토대제 쪽에서 연락이 왔는데 일정 보내줄 테니 준비해 달라고 성화야."

"언제부터요?"

"도영이가 주인공이니까 지금 당장에라도 준비해 달란다. 광개토대제에서 승마는 기본인데 도영이가 그쪽은 약하잖아.

최소 3달 이상은 훈련이 필요하다면서 안달복달이야. 더군다나 집단 전투 신이 꽤 많은 모양이더라. 이번에는 우리나라 탑3 액션 스쿨이 전부 동원된다는데 나머지 배우들은 다음 달부터 훈련에 들어갔단다."

"사장님은 몇 개나 생각하고 계시는데요?"

"최소 3개는 찍어야 되지 않겠어?"

"김동혁 감독이 배려를 해줘서 드라마까지 찍었는데 광고 찍는다고 또 시간을 돌리면 성질내지 않겠습니까?"

"그러니까 서둘러야지. 한 달 이내에 치고 빠져야 해. 번개처럼 움직여서 마무리 짓고 영화 쪽을 준비하면 무리가 없을 거야."

"알겠습니다."

"민경이는 어떠냐. 개한테도 광고 의뢰 많이 들어오지?"

"민경이도 난리가 아닙니다. 오히려 도영이보다 더 많아요. 단가도 만만치 않고요."

"일단 민경이 거는 천천히 타고 들어가. 최대한 몸값 올려보자고. 다음 달이면 연기 대상 수상식도 있으니까 그 결과에 따라서 몸값이 달라질 거다. 잘하면 민경이가 신은서를 제치고 여우주연상을 받을 수도 있어."

이승환이 눈을 빛내며 윤철욱을 자신 있게 바라봤다.

충분히 그럴 가능성이 있기 때문이었다.

워낙 매력적인 캐릭터를 완벽하게 소화했기 때문에 지금으로서는 강민경의 인기가 신은서보다 훨씬 높았다.

하지만 윤철욱은 이승환의 말을 듣자마자 인상을 긁었다.

"사장님, 어제 정 피디하고 술 한잔했는데 이상한 소리를 합니다."

"무슨 소리?"

"TCN 연기 대상 평가 방법이 바뀌었다고 하더라고요. 아무래도 낌새가 좋지 않아요."

"그게 무슨 말이냐?"

"정 피디 말로는 워낙 시청률이 좋았기 때문에 최우수 작품상은 수상할 것 같은데 최우수 연기상은 어떻게 될지 모른다고 하더군요. 더군다나 시청률은 낮았지만 올해 유독 작품성이 좋은 드라마가 많아서 경쟁이 치열하답니다."

"이런 씨발, 그걸 말이라고 해! 시청률이 46%를 찍었어. 그런데 우리 도영이가 최우수 연기상을 못 받는단 말이냐. 만약 그러기만 해봐, 씨발 놈들. 엉뚱한 놈한테 주면 내가 휘발유 통 들고 가서 TCN 방송국을 전부 태워 버리고 만다."

*　　　　*　　　　*

신비한 남자가 대박이 터진 지금 강도영은 대한민국에서 가장 핫한 배우가 되어 있었기 때문에 수십 명의 기자가 그를 쫓아다녔다.

서초동 본가에 몰렸던 기자들과 팬들이 그가 묵고 있던 양재의 빌라로 몰려든 것은 이틀 전부터 생긴 일이었다.

도대체 어떻게 알았는지 모르겠지만 양재의 빌라는 연일 사람들로 북적여서 시장통을 방불케 했다.

이승환이 호텔을 잡아준 것은 강도영을 적극적으로 보호하기 위함이었다.

기자들은 그나마 괜찮았지만 대중들에게 무방비한 상태로 노출되었을 경우 어떤 일이 벌어질지 알 수 없었기 때문이다.

그렇다고 강도영이 언론을 외면했던 것은 아니었다.

페이스에서 잡아놓은 스케줄에 맞춰 꾸준히 인터뷰를 했기 때문에 각종 언론에는 강도영의 기사가 수시로 걸렸다.

촬영이 끝난 것과 방송이 종영된 것은 불과 열흘의 차이가 있었을 뿐이었다.

정해진 스케줄에 의해 잠시도 쉬지 않고 촬영을 했지만 종방을 10일 앞두고 겨우 촬영을 마칠 수 있었다.

이승환이 주도가 되어 언론의 노출을 막기 시작한 것은 광개토대제를 기획한 DR미디어 측과 정식 계약을 맺은 후부터였다.

출연료 10억에 러닝 개런티를 받은 조건이었으니 배우들의 살아 있는 전설이라는 사대천왕 이상의 대우를 받은 것이었다.

한 달 후부터 촬영 준비에 들어간다는 계약 조건을 넣었기 때문에 시간이 없었다.

그동안 이승환은 3개의 광고를 선택해서 계약을 채결했는데 맥주 광고와 남성 화장품, 그리고 세계적인 글로벌 게임 업체에서 새롭게 출시한 전략 시뮬레이션 게임 '천둥'에 출연하는 것이었다.

광고 촬영은 임팩트 있게 빠른 시간 동안 촬영하는 특성이 있었기에 강도영은 한 주에 하나씩 세 개의 광고를 마무리할 수 있었다.

맥주 광고는 정해진 세트장에서 콘셉트에 맞춰 맥주를 마시는 것이었기에 어려움이 없었지만 화장품과 게임 광고는 액션이 삽입되었고 수시로 옷을 갈아입는 복잡한 과정을 거쳐야 했다.

돈이란 게 참 우습다.

예전에는 돈 버는 게 눈물 나도록 힘들더니 막상 인기를 얻게 되자 한 달 만에 광고 출연료로 34억이란 돈을 벌어들였다.

물론 강도영이 전부 가져가는 돈은 아니었지만 한 달이란 짧은 시간에 얻게 된 대가로는 상상하지 못할 정도로 큰돈인 것만은 사실이었다.

＊　　　＊　　　＊

강도영이 신은서를 만난 것은 촬영이 끝나고 거의 한 달 만의 일이었다.

신비한 남자가 끝나고 나서 신은서 역시 언론 때문에 몸살을 앓았고 광고와 텔레비전에 출연하느라 정신이 없었기 때문에 전화 통화만 했을 뿐 만날 엄두조차 내지 못했다.

이승환이 텔레비전 예능국장들의 협박 속에서도 강도영을 예능 프로그램에 출연시키지 않은 것은 신비주의 전략을 쓰겠다는 포석이 있었기 때문이다.

절정의 인기를 얻은 이상 쓸데없는 프로그램에 출연해서 이미지를 훼손시키지 않겠다는 고도의 인기 유지 전술이었다.

물론 그 이면에는 예능 프로그램에 나갔다가 곤욕을 치렀던 강도영이 방송 출연을 하지 않겠다고 고집을 부린 것이 커다란 이유로 작용했다.

하지만 같은 소속사에 속해 있는 강민경은 달랐다.

그녀의 주 무대는 영화가 아니라 텔레비전이었기 때문에 이승환은 스케줄이 허락하는 한 적극적으로 강민경을 방송에 내보냈다.

오랜만에 신은서를 아지트에서 만난 강도영은 한동안 말을 하지 않고 그녀를 바라보기만 했다.

사랑하면서도 쉽게 만나지 못한다는 건 정말 불행한 일이 란 생각이 들었다.

인기 절정의 연인들이 결국 헤어지면서 이별 사유를 바쁜 일정 때문이라고 한 것이 이제야 이해가 갔다.

아련한 눈빛을 던진 것은 신은서도 마찬가지였다.

그녀는 강도영을 만나자마자 눈물을 글썽였는데 꼭 군대 갔다 휴가 나온 애인을 만난 여자처럼 보였다.

"히잉… 목소리만 듣다가 이렇게 보게 되니까 눈물이 나오 네. 도영 씨, 미워!"

"왜?"

"여자를 그리움에 젖게 만드는 남자들은 전부 나쁜 남자들 이야. 얼마나 보고 싶었다고."

"나도 보고 싶었어."

만나자마자 불꽃이 튀었다.

사랑하는 사람의 특성은 서로를 향한 그리움이 접촉으로 이어진다는 것이었다.

강도영이 먼저 움직이자 신은서가 뜨겁게 부딪쳐 왔다.

달콤한 키스.

그녀의 입술은 언제나 부드러웠고 달콤한 향기를 가지고 있었다.

한동안 키스를 나누던 그들이 허겁지겁 떨어진 것은 종업원이 다가오는 소리를 들었기 때문이다.

스테이크와 파스타, 그리고 와인을 시켰다.

오늘은 오랜만에 저녁 스케줄을 비웠기 때문에 세상에서 가장 행복한 시간을 가질 생각이었다.

음식을 먹고 와인을 마시며 많은 이야기를 나눴다.

드라마를 찍으면서 있었던 일들과 끝나고 나서 얻게 된 많은 것이 그들의 주제였다.

신은서의 입에서 지금까지 한 번도 꺼내지 않았던 강민경의 이야기가 나온 것은 세 잔의 와인을 마셨기 때문에 얼굴이 발갛게 변한 후였다.

"도영 씨, 나 신비한 남자 찍으면서 정말 힘들었어. 민경이 때문에."

"흐음… 왜 힘들었지?"

"민경이랑 3번이나 뽀뽀했잖아. 그것도 진하게. 그때 내 심정이 어땠는지 알아?"

"은서 씨도 질투할 줄 아는 모양이네."

"내가 얼마나 질투가 많은 여자라고. 말을 안 해서 그렇지. 힝!"

"그런데 왜 지금까지 아무 말도 안 했어?"

"…무서워서. 내가 입 밖으로 말하게 되면 도영 씨가 사랑하는 사람이 바뀔까 봐 너무 무서웠어."

"그랬구나. 바보 같은 생각을 하고 있었네."

"민경이 마음 언제부터 알고 있었어?"

"오래전부터."

"그런데 왜 모른 척한 거야. 혹시 즐긴 건 아니지?"

"은서 씨, 난 민경이와 아주 오래된 인연을 가지고 있어. 은서 씨가 생각했던 것보다 훨씬 긴 인연 말이야. 남녀 관계가 아니라 친구로서의 인연이었는데 오랜만에 봐서 그런지 민경이는 날 알아보지 못하더라. 민경이와는 그런 사이야."

"조금 더 자세히 말해주면 안 돼?"

"그건 우리가 결혼하면 말해줄게."

"그 비밀, 아무래도 이상해. 꼭 영화 제목 같아. 말할 수 없는 비밀."

신은서가 입술을 오리처럼 주욱 내밀었다.

하여간, 시도 때도 없이 귀여움을 사정없이 보여주는 여자다.

강도영이 유쾌하게 웃은 것은 그녀의 행동이 귀엽기도 했지만 자신이 댄 변명을 그녀가 전혀 의심하지 않고 있다는 확신이 들었기 때문이다.

궁금했을 텐데 더 이상 물어보지 않는다. 언젠가는 말해줄 거란 믿음과 강도영을 배려하는 마음이 그만큼 크다는 걸 의미하는 것이기에 저절로 푸근한 웃음이 흘러나왔다.

"하하… 그러고 보니 맞는 말이네. 하지만 걱정 마. 은서 씨가 불안하게 생각하는 일은 절대 일어나지 않을 거니까."

"민경이 많이 아팠을 거야. 오랫동안 좋아했다고 했어."

"응, 알아. 그래도 할 수 없잖아. 민경이는 착하고 예쁘니까 시간이 지나면 나보다 훨씬 멋진 남자를 만나서 행복할 수 있을 거야."

"그건 아니지. 도영 씨가 세상에서 제일 멋진 사람인데 그럴 수 있나. 히힛… 그런 면에서 보면 세상에서 제일 행복한 여자는 바로 나네."

*   *   *

연예본부장 정재상이 윤문호를 부른 것은 퇴근 시간이 얼마 남지 않은 5시 무렵이었다.

정재상은 조직 서열상 국장인 윤문호의 직속상관이었는데 그는 드라마를 포함해서 연예 프로그램, 다큐멘터리 등을 전반적으로 통솔하는 막강한 힘을 가진 사람이었다.

그는 차기 사장으로 강력하게 거론되고 있었는데 정재계에 인맥이 두터워서 여당인 새한당이 영입 1순위로 꼽는 거물이었다.

"부르셨습니까, 본부장님."

"어, 윤 국장. 오늘 저녁 약속 있나?"

"없습니다."

있어도 없다고 해야 한다.

본부장이 저녁 식사를 하자고 하는 건 특별한 용건이 있다는 것을 의미하는 것이기 때문에 윤 국장은 오늘이 집사람의 생일이라는 것을 말하지 않았다.

조직에서 성공하기 위해서는 작은 상처 정도는 수십 번 맞아줄 각오를 해야 한다.

작은 상처가 두려워 오늘같이 본부장이 제안한 식사를 거부한다면 목숨 줄이 위태롭기 때문이었다.

"그럼, 6시 반에 '긴자'로 와. 오랜만에 저녁이나 같이하자고."

"알겠습니다. 제가 혹시 준비할 게 있습니까?"

"준비는 무슨, 오랜만에 밥 먹자는 건데. 아, 그리고 오늘 신드롬 사장하고 김일평 교수도 같이할 거니까 그렇게 알고 있어."

"예, 그럼 저는 나가보겠습니다."

윤문호가 정중하게 고개를 숙여 인사를 한 후 본부장실을 빠져나왔다.

대충 짐작이 갔다.

본부장은 국내 최고의 연예 기획사 신드롬의 사장 엄태선과 대학 동창이었고 TCN 자문 위원인 김일평과도 동문 사이였다.

문제는 추석 명절에 방송되어 호평을 받은 특집 드라마 '길'의 주인공 역을 맡은 이정한이 그들의 대학 선배라는 것이었다.

이정한은 연기 경력이 35년이나 되는 배우로서 TCN 전속으로 출발해 수많은 드라마에 출연하면서 화려한 수상 경력을 가졌지만 최우수 연기상을 받은 적은 한 번도 없다.

추석 특집 드라마로 제작된 '길'은 가족들을 위해 평생을 희생하며 살아온 남자가 위암에 걸리며 마지막 인생을 눈물겹게 살아간다는 내용을 담고 있었다.

거기서 이정한은 주인공 역을 맡아 혼신을 다한 연기를 펼쳤는데 평론가들로부터 상당한 호평을 받았다.

*　　　　*　　　　*

시간에 맞춰 윤문호가 여의도에 있는 고급 일식집 '긴자'로 들어서자 마담이 기다렸다는 듯 그를 VIP룸으로 안내했다.

벌써 룸에는 신드롬 사장 엄태선과 김일평 교수, 그리고 본부장이 자리를 차지한 채 그를 기다리고 있었다.

속으로 욕이 튀어나왔으나 윤 국장은 죄송해서 죽겠다는 표정을 지으며 연신 고개를 조아렸다.

기세를 제압하려는 수작이었다.

직급이 낮은 놈을 늦게 오도록 만들어서 자신들이 원하는 바를 얻기 위한 고도의 계산된 행동임이 분명했다.

그가 들어오고 나서 미리 준비된 음식과 함께 술이 날아다녔다.

연예계 전반에 관한 이야기와 신드롬 소속 배우들의 활동에 관한 것들이 주제가 되었다가 1시간 정도 지나자 본론이 슬금슬금 튀어나왔다.

이야기를 먼저 꺼낸 것은 김일평이었다.

"그나저나 본부장님, 곧 연기 대상이 있을 텐데 평가 방법은 확정되었습니까?"

"내부적으로는 어느 정도 안이 마련되었어. 곧 자문 회의를 거쳐서 확정할 거니까 김 교수도 꼭 참석해서 좋은 의견을 말해 주면 좋겠구만."

"작년에는 인기투표를 했다고 언론에 뭇매를 맞았잖습니까. 시청률이 좋은 프로그램이 상을 휩쓰는 바람에 TCN이 인기에 영합하는 방송사라는 구설수에 엄청 시달렸죠. 제가 봤을 때도 국민들이 ARS를 통해 연기 대상을 선정하는 방법은 옳지 않습니다. 진정한 연기자가 상을 받는 풍토가 조성되어야 합니다."

"옳은 말씀입니다."

그저 듣고만 있던 신드롬 사장 엄태선이 고개를 주억거리며 찬동을 했다.

짜고 치는 고스톱이었다.

방점을 찍은 건 본부장이었다.

"윤 국장, 자네 생각은 어때? 개정 평가안은 시청자 ARS를 최소화하고 전문가들로 구성된 위원회에서 연기 대상을 선정하는 방법이 좋을 것 같은데 말이야. 인기에 영합하지 않고 시청률이 적어도 사람들을 감동시킨 프로그램과 배우가 연기 대상을 받아야 되지 않겠어?"

"좋은 생각이십니다. 아무래도 그런 프로그램과 연기자가 상을 받아야 연기자들의 사기가 올라가고 좋은 프로그램들이 만들어지는 풍토가 정착되지 않겠습니까."

"허허… 담당 국장까지 그렇게 생각한다니 다행이군. 그럼 이번 연기 대상 평가 방법은 그런 쪽으로 가닥을 잡도록 하는 것으로 하면 되겠네. 자, 우리 오늘은 허리띠 풀러놓고 마셔보자고. 건배!"

본부장이 치켜든 잔을 향해 윤 국장이 웃는 낯으로 자신의 술잔을 가져다 댄 후 단숨에 비웠다.

대세를 거슬러 바보가 될 생각은 추호도 없었다.

어느 놈이 연기 대상을 받든 그와는 아무런 생각이 없기 때문이다.

*　　　　　*　　　　　*

이수현은 신비한 남자를 집필하면서 회당 7천만 원의 개런티를 받았다.

총 16부작이었으니 전부 합해 그녀가 받은 돈은 11억이 훌쩍 넘었다.

작가의 수입이 배우와 다른 점은 소속사에 속해 있지 않다는 것과 1인 기업으로 각종 경비를 처리할 수 있고 세금 혜택을 받기 때문에 대부분의 개런티가 고스란히 수중으로 들어온다는 것이었다.

강도영이 이번 신비한 남자를 찍으며 그녀와 비슷한 개런티를 받았지만 막상 가지고 간 것은 그 절반에 불과했다.

이수현의 애마 벤츠 S—600이 TCN 방송국 지하 주차장에 도착한 것은 점심시간이 한참 지난 오후 2시 반 무렵이었다.

그녀의 차량은 TCN VIP로 등록되었기 때문에 언제든 프리패스로 지하 주차장을 이용할 수 있었다.

강렬한 빨간색 롱 코트를 걸친 그녀는 차에서 내려 거침없이 엘리베이터에 올라탄 후 17층 버튼을 눌렀다.

사방에 설치된 거울을 통해 비춰진 자신의 얼굴을 보면서 그녀가 살짝 눈살을 찌푸렸다.

얼핏 보면 아직도 처녀처럼 날씬하고 미끈한 피부를 가졌지만 마흔 살이 훌쩍 넘었기 때문에 이제 자세히 보면 잔주름이 서서히 생겨나고 있었다.

땡!

엘리베이터가 정지하자 이수현은 명품백 샤넬을 고쳐 들고 복도로 나섰다.

17층은 TCN의 임원들이 근무하는 곳이었기 때문에 복도에는 아무도 보이지 않았다.

또각또각 경쾌한 구두 소리를 내면서 그녀가 향한 곳은 연예본부장이란 타이틀이 걸린 문 앞이었다.

문을 열고 그녀가 들어서자 본부장 비서가 자리에서 벌떡 일어났다.

"작가님, 어서 오세요. 기다리고 계십니다."

미리 전화를 해서 약속을 잡았기 때문에 비서는 앞장서서 그녀를 본부장실로 안내했다.

문이 열리자 책상에서 서류를 보고 있던 본부장이 그녀의 모습을 확인하고 벌떡 일어서며 부리나케 달려 나왔다.

마치 암행어사를 맞아들이는 사또의 모습과 비슷했다.

"이 작가님, 갑자기 전화 주셔서 깜짝 놀랐습니다. 그러지 않아도 제가 저녁을 한번 사려고 했는데 말입니다."

"잘 지내시죠?"

"그럼요. 작가님 덕분에 대박을 터뜨려 사장님한테 칭찬을 많이 받았거든요. 요즘은 아주 살 만합니다. 아이고… 일단 앉으시죠."

설레발을 떨던 본부장이 그녀를 소파에 앉히고 자신은 상석을 마다한 채 그녀의 맞은편에 자리를 잡았다.

"차는 뭐로 하시겠습니까?"

"저야, 늘 마시는 게 있지만 오늘은 차 말고 다른 걸 주세요."

"어떤……?"

"물 한 잔 마실게요. 어차피 본부장님께서 저를 물 먹이려고 했으니 조금 일찍 마셔도 괜찮을 것 같지 않아요?"

"작가님, 그게 무슨 말씀이신지… 제가 작가님을 물 먹이다니요?"

"들은 게 있어서요."

"어떤 놈이 무슨 말을 했단 말입니까? 제가 무슨 배짱으로 이 작가님을 물 먹일 수 있어요. 만약 그런 말을 들으셨다면 모함입니다. 절대 그런 일은 있어서도, 있을 수도 없는 일이에요."

"물 먹일 생각이 없으셨다니 그럼 한마디만 하고 갈게요. 본부장님 분명히 말씀드리지만 저를 홀대하지 않았으면 좋겠어요."

"홀대라니요. 절이라도 해야 할 판인데요. 작가님, 저는 작가님을 위해서라면 어떤 일도 할 의향이 있는 사람입니다."

"듣자 하니 시청률이 좋아도 작품성이 없으면 상을 받는 게 잘못이라는 평가 방안을 구상 중이시라면서요."

"그건……."

"죄송하네요. 제가 작품성이 없는 대본을 써서 돈벌이나 하는 여자라서 마주하기 싫으시겠어요?"

"작가님!"

"저는 지금까지 전속도 아니면서 TCN만 고집하며 글을 썼어요. 그런 저를 TCN이 우습게 본다면 배신감이 들지 않겠어요? 좋아요, 작품성 있는 드라마한테 상 잔뜩 주세요. 하지만 그때는 제 다음 작품이 다른 방송사에서 방송된다는 거 기억해 줬으면 좋겠네요. 강도영은 제가 애걸복걸해서 출연한 거예요. 그런 애를 엿 먹이는 걸 나는 절대 두고 보지 않을 테니까 어디 마음대로 해보세요."

*　　　*　　　*

방송사는 연말이 되면 각종 시상식으로 바쁜 나날을 보내게 된다.

공중파를 비롯해서 주요 종편까지 시상식을 치르는데 방송사마다 가요 대상, 연예 대상, 연기 대상을 뽑기 때문에 일부 스타들은 중복되어 참석하지 못하는 경우도 생긴다.

방송사들은 공통의 고민을 가지고 있었다.

시상식을 최대한 풍요롭게 만들기 위해서는 많은 스타를 출동시켜야 하지만 스타들은 바쁘다는 핑계로 자신이 상을 받지 않는 곳에는 가지 않으려 했다.

그러다 보니 각 방송국은 최대한 많은 상을 만들어 뿌렸다.

어차피 방송국의 연기 대상은 축제의 한 과정이라는 생각 때문에 권위보다는 시청자들에게 볼거리를 제공하는 것에 더 무게를 두었던 것이다.

그러다 보니 상의 종류도 다양했고 공동 수상자도 많이 두었다.

대상, 최우수 연기상, 우수상, 신인상, 아역상, 청소년상, 베스트커플상, 황금연기상 등등 종류도 다양했고 공동 수상 제도까지 만들어 보통 4명에서 6명까지 상을 주었다.

어떤 방송국은 상 탄 배우들만 60명에 가까웠다고 하니 이건 시상식이 아니라 상을 뿌리는 자리라고 봐도 무방했다.

TCN이 작년 연기 대상이 끝나고 각 방송사과 종편을 소유한 언론들에게 뭇매를 맞게 된 것은 수상자 선정에서 시청자 인기투표라는 방식을 쓴 것도 있지만 그들이 다른 방송사와 근본적으로 다른 전략을 썼기 때문이다.

TCN은 다른 방송국과는 달리 오로지 단 4개의 상만을 수여했다.

대상, 남녀 우수상, 신인상, 그리고 작가상이었다.

그것도 공동 수상이 없기 때문에 단 4명만이 상을 수상하는 영광을 얻을 수 있었다.

TCN도 방송사였으니 다른 방송사와 똑같은 고민을 할 수밖에 없었으나 그들은 수상의 권위를 지키면서 스타들이 올 수밖에 없는 구조를 만들었는데 바로 다수의 후보자군을 만들어 현장에서 직접 선정하는 방식이었다.

예를 들면 대상 후보 10명, 남녀 우수상 후보 10명, 신인상 후보 10명을 선정해서 별도로 정해놓은 평가 방식에 따라 상을 수여한다는 전략이었다.

5년 전 TCN이 처음 도입한 이 방식은 도입 초기에는 실패를 했으나 최근 들어와 상의 권위가 올라가면서 배우들의 열렬한 지지를 받게 되었다.

배우들은 다른 방송사에서 숱하게 뿌리는 상장보다 TCN의 수상 후보가 된 것을 더욱 영광스럽게 생각했는데 문제는 2년 동안 도입해서 시행해 오고 있던 시청자 인기투표 방식이 공영

방송으로서 너무 인기에 영합한다는 비난을 받고 있다는 것이
었다.

*　　　　　*　　　　　*

"어떻게 됐냐?"

"시청자 인기투표를 30%만 반영한다고 합니다. 나머지 70%는
작품성과 연기력, 드라마가 사회에 주는 영향력 등 8가지 항목
을 평가 위원들이 점수 매겨서 반영한다는군요."

"결국 안 주겠다는 거잖아!"

"쩝……."

이승환이 소리를 버럭 지르자 윤철욱이 입맛을 다셨다.

아침부터 이승환의 얼굴은 신경질로 가득 차 있었다.

페이스 소속으로 드라마 왕국이자 연기 대상에서 가장 권
위를 자랑하는 TCN의 수상 후보에 이름을 올린 것은 강도영
과 강민경 단둘뿐이었다.

적은 숫자였으나 그 둘은 대상과 여자 우수상 후보였기 때
문에 페이스로서는 상당한 기대를 가지고 있었다.

그러나 보름 전부터 이상하게 변하던 상황은 최근 들어 최
악으로 변했다.

강도영에게 가장 유리했던 시청자 인기투표 방식이 평가 위

원 주도로 바뀌었고 연예본부장 쪽에서 미리 정해놓은 후보자를 민다는 소문이 흘러 다니고 있었기 때문이다.

"이게 무슨 개수작이냐고. 안 줄 거면 부르지나 말든가."

"그래도 가야죠. 유력한 수상 후보가 안 가면 되겠습니까? 더군다나 드라마 왕국 TCN입니다."

"윤 실장, 거기 본부장이 이정한을 적극적으로 미는 이유가 뭐라고 생각해?"

"일단 학교 선배입니다. 그 학교 출신들이 드라마 쪽에서는 가장 영향력이 커서 결속력이 장난 아닙니다. 더군다나·이정한이란 배우가 TCN에 미친 영향력이 워낙 크기 때문에 평가 위원들이 수긍하는 분위기라네요. 이정한 씨는 30년 넘도록 TCN에서 활동해 왔으나 대상을 한 번도 받지 못했다고 합니다. 그런 동정 여론이 '길'이라는 수작에서 열연한 이정한을 밀게 만든 것 같습니다."

"씨벌, 이유도 많다."

"어쩌시렵니까. 저 혼자 갈까요?"

"같이 가자."

"애들 수상 못 했다고 화병 걸리시면 난 책임 못 집니다."

"지들 꼴리는 대로 한다는데 그걸 누가 말리냐. 그렇게 되면 애들 데리고 가서 술이나 실컷 사줄 생각이다. 무관의 제왕, 뭐 그런 제목도 있잖아. 누가 뭐래도 이번 대상은 도영이하고 민경이니까 내가 따로 트로피 준비해 놓으라고 시켰다."

"누구한테요?"

"총무과장한테. 왜, 이상해?"

"그거 사기죄에 해당하는 겁니다."

"야, 사기죄는 무슨 얼어 죽을… 거기에 TCN이 아니라 우리 회사 이름 꽉 박아 넣었어. 그놈들이 안 주면 나라도 주겠다는 건데 뭐 문제 있어?"

"아뇨, 존경스럽습니다."

"도영이랑 민경이는 지금 뭐 해?"

"아마, 지금쯤 출발하고 있을 겁니다. 우리도 서둘러야 되니까 그만 가시죠."

"오케이, 2차 장소는 준비해 놨지?"

"압구정동 '피카소'를 통째로 빌려놨습니다. 우리 소속사 배우들하고 회사 주요 간부들이 전부 들어가도 충분할 정도로 크니까 걱정하지 마십시오."

"오케이, 이제 슬슬 가보자. 이 자식들이 어떤 개수작을 펴는지 똑똑히 보러 가자고."

*　　　　*　　　　*

강도영은 서은경의 도움을 받아 검은색 계열의 정장에 검은색 드레스 셔츠를 받쳐 입었는데 오직 턱시도만이 다른 색깔이었다.

올 블랙에 포인트로 하얀 턱시도를 매단 강도영이 문을 나서자 호텔 복도가 온통 환하게 밝아지는 착각이 들었다.

숙소인 양재 빌라가 노출되면서 강도영은 벌써 한 달 가까이 남산에 있는 한강호텔에 머물고 있었는데 호텔 측에서는 돈을 받지 않을 테니 계속 있어달라며 그가 나가는 것을 한사코 말렸다.

신비한 남자가 대박을 터뜨리면서 현재 대한민국에서는 강도영 신드롬이 불고 있었기 때문에 호텔에서는 그를 활용해서 광고 효과를 노리고 싶었던 모양이었다.

강도영은 밴의 뒷자리에 올라탄 후 창밖을 통해 몰려드는 팬들에게 손을 내밀어 인사를 했다.

호텔은 오히려 비밀 유지가 어려운 곳이었다.

수많은 사람의 눈에 띌 수밖에 없었고 호텔 직원들 사이에서도 슬금슬금 소문이 새어 나가 이곳에 들어온 지 일주일도 되지 않아 기자들과 팬들이 그를 보기 위해 몰려들기 시작했다.

그럼에도 호텔에 머무른 것은 그들이 쉽게 접근하지 못하도록 호텔 보안 요원들이 그의 방을 철통같이 경계해 주었기 때문이다.

호텔부터 연결된 남산 길에서 바라본 서울 시내는 너무 아름다워 눈을 뗄 수 없었다.

시상식은 9시 30분부터 시작되지만 배우들은 한 시간 전까지 와달라는 방송사의 요청이 있었기 때문에 8시가 조금 넘어 호텔을 나왔다.

서은경의 입이 열린 것은 강도영의 시선이 연속해서 지나가는 한강 다리의 조명을 바라보고 있을 때였다.

"도영아, 아직 결과 나온 건 아니니까 실망하지 마."

"실망 안 해요. 누나도 알다시피 난 드라마 처음 찍은 거잖아. 시청률 조금 높았다고 대상을 수상한다면 그게 오히려 이상한 거지. 수십 년 동안 연기해 온 사람들도 있는데 겨우 드라마 한 편 찍고 대상 받으면 사람들이 손가락질할지도 몰라."

"착한 거냐 아니면 영악한 거냐?"

"흐흐… 이왕이면 착한 거로 봐주라."

"야, 징그러워. 어디서 안기고 있어. 너 이러면 확 뽀뽀해 버린다!"

강도영이 웃음을 흘리면서 장난스럽게 서은경의 품으로 뛰어들었다가 갑자기 다가오는 그녀의 입술을 확인한 후 기겁을 하면서 물러났다.

하여간 대책 없는 여자였다.

그 모습에 강도영 대신 소리를 지른 건 앞에서 운전하던 서현탁이었다.

"도영아, 아무래도 네가 운전해야겠다. 누나의 마수에 너를 맡겨놓은 채 운전하고 있으려니까 불안해서 죽겠어."

"난 안겨 온 놈만 건드려. 그러니까 걱정 마라."

"헐."

"진짜야. 이번에도 도영이가 먼저 안겨 왔다고!"

"장하셔요. 도영이가 물고기야. 안겨 왔다고 잡아먹게?"

*   *   *

TCN 공개홀로 들어서는 길목까지 다가간 차는 진행 요원의 수신호에 따라 천천히 멈췄다.

멀리 보이는 공개홀은 환한 조명으로 어두운 하늘을 하얗게 밝히고 있었는데 수없이 많은 기자와 팬들로 인해 북새통을 이루고 있었다.

진행 요원들은 배우가 탄 차를 한 대씩 시상식장 쪽으로 이동시키고 있었는데 중계방송을 원활하게 진행하고 기자들에게 사진 찍는 시간을 충분히 주기 위함이었다.

강도영은 앞에 서 있는 차들을 바라보며 가볍게 헛기침을 했다.

그들의 밴 앞에는 여섯 대의 차가 서 있었는데 검은색과 흰색이 반반씩 섞여 있었다.

얼마의 시간이 지났을까.

한 대씩 사라지던 밴을 통제하던 요원은 드디어 강도영이 탄 차가 맨 앞에 서자 팽팽하게 긴장된 목소리로 무전기를 통해 강도영이 곧 들어간다는 사실을 집행부에게 알렸다.

부드러운 엔진 소리에 맞춰 잔뜩 기다리고 있는 불빛을 향해 다가가자 살며시 긴장감이 피어올랐다.

대중들의 앞에 모습을 드러낸다는 것은 아직도 익숙하지 않은 일이었다.

밴의 문을 열고 밖으로 나가자 엄청난 환호성이 터졌다.

계단 주변을 메운 채 기다리던 팬들은 강도영의 모습이 확인되자 소리치기 시작했는데 보안선을 허물며 앞으로 나서는 사람들도 여럿이었다.

더군다나 기자들까지 덩달아 나서면서 카메라 플래시를 터뜨렸기 때문에 순식간에 계단의 진입로가 엉망으로 변했다.

요원들이 강도영의 몸을 겹겹으로 둘러싸며 사람들의 접근을 막았지만 계단을 오르는 건 쉽지 않은 일이었다.

강도영은 먼저 계단을 오르는 요원들의 등 뒤에 몸을 파묻고 천천히 걸음을 옮겼다.

그러다가 계단의 중간쯤에서 걸음을 멈추고 몸을 돌렸다.

이렇게 요원들의 등 뒤에 숨어서 팬들의 환호를 무시한 채 공개홀로 들어서고 싶지 않았기 때문이다.

제지하는 요원들을 밀쳐내고 모습을 드러낸 강도영은 자신을 보기 위해 기다린 사람들을 향해 다가가 손을 내밀었다.

이 사람들은 자신을 사랑하는 사람들이지 미워하는 사람들이 아니었으니 따스하게 손을 내밀 이유가 충분했다.

사랑은… 언제나 사랑으로 보답해야만 더 큰 사랑을 얻을 수 있는 법이다.

공개홀 안으로 들어서자 포토 존에서 사진을 찍기 위해 기다리고 있는 배우들의 모습이 보였다.

거기에는 처음 본 배우들도 있었고 안면이 익은 배우들도 여럿 있었다.

포토 타임은 그리 길지 않았기 때문에 금방 배우들의 모습이 홀로 사라져 갔다.

문제는 강도영이 포토 존에 서면서 사진 기자들이 그를 그냥 보내주지 않았다는 것이었다.

설상가상으로 그가 사진 찍는 동안 신은서가 공개홀의 로비에 등장했기 때문에 기자들은 그녀와의 동반 촬영을 강력하게 요청해 왔다.

신비한 남자의 남자 주인공과 여자 주인공의 동반 등장은 그들에게 더할 나위 없이 훌륭한 그림을 제공할 수 있기 때문이었다.

신은서의 드레스는 화려했고 아찔할 정도로 유혹적이었다.

등이 반이나 파일 정도로 그녀의 드레스는 파격적이었는데 어깨선이 생략되었기 때문에 위에서 보면 가슴 선이 그대로 보일 지경이었다.

신은서는 기자들의 요청을 받자 조금의 망설임도 없이 포토 존으로 다가와 강도영의 팔짱을 끼었다.

잠깐 움찔했던 강도영의 얼굴이 다시 밝아지며 기자들이 움직임에 맞춰 포즈를 취했다.

그녀의 가슴이 팔꿈치에 고스란히 느껴졌지만 애써 모른 체하며 미친 듯이 터지는 기자들의 셔터가 중단되기를 기다렸다.

다른 배우들보다 훨씬 많은 시간 동안 포토 존에 서서 사진을 찍었기 때문에 무대에서 내려왔을 때 눈이 잘 보이지 않았다.

"도영 씨, 괜찮아?"

"조금 지나면 괜찮아질 거야."

"내 손 잡아. 나한테 기대면서 걸어."

"응."

"호호… 이렇게 하고 걸으니까 무척 다정스럽게 보이네. 이 거 사진 찍히면 당장 내일 아침에 사귄다는 기사가 나올 텐데 어쩌지?"

"사람들 보는 곳에서 당당하게 손잡고 걸으면 사귄다고 우겨도 믿지 않을걸?"

"그럼 어떻게 해야 믿는데?"

"어두컴컴한 데서 뽀뽀하고 있는 거 정도는 걸려야 스캔들이 나지 않을까?"

"이 남자 봐, 그러고 싶은 얼굴이네."

"오늘 은서 씨, 무척 섹시해. 드레스 등이 반이나 파였고 가슴도 은근슬쩍 보여서 볼 때마다 심장이 쿵쾅거린단 말이야."

"알았어. 그럼 이따가 시상식 끝나고 어두컴컴한 데 물색해 놔. 내가 화끈하게 뽀뽀해 줄 테니까."

"좋아, 기대하고 있을게."

"그나저나, 도영 씨. 이번에 수상 못 해도 실망하지 마. 알았지?"

"알고 있었어?"

"응. 이 바닥 좁잖아. 벌써부터 이름까지 거론되더라. 일부러 흘려서 충격을 완화하려는 것 같다고 우리 사장님이 그랬어."

"은서 씨는 어때?"

"우리 쪽은 팽팽한가 봐. 여자 우수상은 5명 정도로 좁혀졌는데 나도 가능성이 있고 민경이도 경쟁력이 있어, 하지만 작품성을 따진다니까 누가 된다고 장담하지 못하는 실정이야. 결과를 기다려 봐야 할 것 같아."

"잘됐으면 좋겠다. 은서 씨 상 받은 적 없잖아."

"히힛… 없지. 난 상 받으면 감격해서 마구 울 거야. 도영 씨, 고마워요, 하면서……."

"으이구……."

신은서가 특유의 개그 본능을 발휘하자 강도영이 헛웃음을 터뜨렸다.

그녀는 강도영의 마음을 풀어주고 싶었던지 연신 유쾌한 웃음과 농담을 꺼내고 있었다.

"난 상 못 받아도 괜찮아. 도영 씨가 옆에 있는데 그까짓 상이 문제겠어. 그러니까 도영 씨, 우리 그냥 오늘 밤을 예쁘게 즐겨. 배우로서 수상 후보가 된 것만으로도 충분히 자랑스러운 거니까 공연도 즐기고 다른 사람들 상 타는 거 마음껏 축하해 주자, 웅?"

신은서와 함께 시상식이 벌어지는 공개홀로 들어서자 사람들의 천둥 같은 환호성이 터져 나왔다.

미리 공개홀을 가득 채운 채 자리를 잡고 있던 관객들은 스타들이 홀로 들어올 때마다 뜨거운 박수를 보내주고 있었는데 강도영과 신은서가 등장하자 자리에서 벌떡 일어나면서 열

럴한 환호를 보냈다.

공개홀의 자리 배치는 세 단계로 구분되어 있었다.

무대와 가장 가까운 곳에는 수상 후보자들의 자리가 마련되어 있었고 그 뒤로 참석한 배우들과 관계자들이 앉을 수 있는 의자가 별도로 준비되었는데 일반 관객들은 맨 뒤쪽이었다.

강도영은 신은서와 함께 수상 후보자 자리로 가서 자신의 이름이 적혀 있는 의자에 앉았다.

같이 앉았으면 좋겠다는 신은서의 바람은 이루어지지 않았다.

그녀는 강도영과 테이블이 달랐기 때문에 어쩔 수 없이 반대쪽으로 걸어갈 수밖에 없었다.

대신 강도영을 맞이한 것은 강민경이었다.

테이블에는 5명씩 의자가 배치되어 있었는데 강도영의 이름이 적힌 곳에는 강민경을 비롯해서 대선배인 이정한과 여름 무렵에 방송되어 호평을 받았던 사극의 주인공 중견 탤런트 유상호와 서정미가 자리를 같이했다.

강도영은 자신의 자리로 가서 그들을 향해 정중하게 인사를 한 후 자리에 앉았다.

그러자 옆자리에 앉았던 이정한이 강도영을 향해 불쑥 입을 열었다.

"반갑네. 우리 처음 보는 거지?"

"예, 선배님. 뵙게 돼서 영광입니다."

이정한.

데뷔한 지 30년이 넘는 관록을 지녔고 수많은 드라마에 출연하면서 연기를 해왔기 때문에 대한민국 사람이라면 모르는 사람이 없을 정도로 유명한 배우였다.

그는 나이가 64살인데도 홍안을 지녔고 피부도 탱탱했는데 백발을 멋들어지게 넘겨 아직도 매력이 철철 넘쳤다.

"신비한 남자 정말 재밌더구만. 자네 연기 훌륭했어."

"부끄럽습니다. 아직 많이 부족합니다."

"이 사람, 겸손은. 그냥 빈말로 한 게 아니야. 자넨 요즘 나온 배우들하고 뭔가 다른 매력이 있어. 역에 완전히 동화된다는 건 쉬운 일이 아닌데 자네 연기를 볼 때마다 감탄이 나오더구만."

"감사합니다."

강도영이 그를 향해 진심으로 고개를 숙였다.

사람이 전하는 표현에서 진심과 가식을 가려내는 가장 좋은 방법은 눈을 보는 것이다.

이정한은 강도영을 바라보면서 한 번도 시선을 피하지 않았는데 거기에는 진심이 가득 담겨 있었다.

워낙 오랜 세월을 살아왔기 때문에 연륜이 풍부하다고 해도 거짓말을 하면서 이런 눈을 보여줄 수는 없었다.

"자네도 들었겠지만 항간에 이상한 소문이 들리더군. 이번 수상의 대상이 나란 소문 들어봤지?"

"예, 선배님."

괜한 거짓말을 하고 싶지 않았다.

이미 널리 알려진 소문을 모른다고 한다면 이정한은 더 이상 입을 열지 않을 것이다.

"자네는 연기가 뭐라고 생각하나?"

"저는… 아직 잘 모르겠습니다."

"연기는 다른 사람의 삶을 내가 대신 표현하는 것이지. 그걸 얼마나 잘하느냐에 따라 연기력이 결정되는 거야. 자네도 알다시피 나는 오랜 세월 연기에 인생을 바쳤네. 하지만 그 오랜 시간 동안 스스로 욕심을 부려 남을 불행하게 만드는 짓은 한 번도 하지 않았어. 믿어줄 수 있겠나?"

"선배님의 인품은 익히 들어 알고 있습니다. 저는 선배님의 말씀을 믿습니다."

"고맙군… 상이란 주인이 있는 법이야. 그 주인은 나도 될 수 있고 자네도 될 수 있는 것이지. 그러나 누군가의 계략이나 조작에 의해 그 주인이 결정된다면 상을 받는다 해도 떳떳하지 못할 걸세. 자네한테 꼭 이 이야기를 해주고 싶었네. 그러니 이상한 소문에 현혹되지 말고 즐거운 마음으로 이 자리를 지켜주게."

"걱정하지 마십시오, 선배님. 저도 그럴 생각이었습니다."

*　　　　*　　　　*

TCN 연기 대상의 사회는 국민 MC로까지 불리는 김승환과 연기 경력 15년 차인 미모의 배우 이연희였다.

두 사람은 화려한 말솜씨로 사회를 진행했는데 워낙 경험이 많아서 그런지 진행이 물 흐르듯이 자연스러웠다.

가창력으로는 누구에게도 뒤지지 않는 인기 가수 박재희의 축하 공연이 벌어진 후 신인상 후보들이 나열되면서 그들이 출연했던 드라마의 하이라이트 영상이 방송되었다.

박재희의 압도적인 가창력에 환호를 보내던 관객들이 조용해졌고 영상이 방송되는 동안 장내에는 긴장감이 감돌기 시작했다.

10명의 후보.

그들에게는 이 순간이 영원처럼 느껴질 정도로 긴 시간일 것이다.

"도영 씨는 누가 될 것 같아?"

왼쪽에 앉아 있던 강민경이 슬쩍 허리를 숙여 강도영을 향해 질문했다.

인사만 한 후 지금까지 그녀는 선배들의 눈치를 보면서 말을 붙여 오지 않았었는데 더 이상 침묵을 지키는 게 힘들었던 모양이었다.

"글쎄, 워낙 치열해서 누가 될지 모르겠어."

"나… 얼굴이 거칠어지지 않았어?"

질문에 대한 대답은 처음부터 기대조차 하지 않았던 모양이다.

그녀는 어느샌가 강도영을 빤히 바라보고 있었는데 시선이 조금씩 흔들리고 있었다.

"아니, 민경 씨는 언제 봐도 예뻐."

"그런 상투적인 말 하지 말고. 잘 봐. 여기 기미까지 끼었잖아."

"바빠서 그런 모양이다. 너무 무리하면 얼굴 상해."

"아직 나 친구지?"

"그럼, 당연하지. 나는 언제나 널 친구라고 생각해 왔어."

"겁나지 않아? 내가 덤벼들까 봐?"

"그러지 마. 뭐 하러 그렇게 힘든 짓을 해. 바보같이."

"바보 같은 짓이라는 거 아는데 오히려 포기하려니까 더 힘들어. 그래서 그냥 기다려 보기로 마음먹었어. 친구로 지내면서 한 3년 정도 기다리다가 그때도 안 되면 시집가려고… 그건 내 마음이니까 뭐라고 하지 마."

대답도 하기 전에 그녀가 고개를 돌렸다.

시상식 사회를 보는 김승환의 입에서 막 신인상 수상자의 이름이 불리는 중이었다.

신세원이란 이름이 불리자 가장 마지막 탁자에 앉아 있던 곳에서 환호성이 터지며 사람들이 몰려들었다.

신세원은 '신데렐라'라는 일일극에 출연해서 악역을 맡았던 신인이었는데 신인답지 않게 완벽한 연기를 해서 호평을 받은 친구였다.

사람들의 축하를 받으며 무대로 올라간 신세원의 눈은 기쁨으로 인해 붉게 충혈되어 있었다.

시상이 진행되는 동안 많은 사람이 나와 꽃다발을 전해준 후 그의 수상 소감이 이어졌지만 강민경은 물 잔만 만지작거리며 움직이지 않았다.

그것은 강도영도 마찬가지였다.

기다리겠다는 그녀의 말이 가슴을 무겁게 만들었다.

첫사랑의 인연은 가슴에 상처를 남긴다고 했는데 그도 그녀도 점점 시간이 갈수록 서로에게 아픔을 주기 위해 애를 쓰고 있는 것 같았다.

시간은 빠르게 흘러갔다.

걸 그룹 '피앙세'의 축하 무대에 이어 신인 배우들로 구성된 남녀 혼성 그룹의 노래가 이어졌다.

관객들도 즐겼지만 수상 후보자들과 배우들도 축제처럼 분위기를 만끽했다.

메인 MC인 김승환과 이연희가 걸 그룹의 노래에 맞춰 앞장서서 춤을 췄고 배우들을 끌고 나왔기 때문에 순식간에 무대 앞의 넓은 공간이 나이트클럽처럼 변했다.

미리 계획된 진행 방식이었겠지만 워낙 김승환과 이연희가 노련하게 진행하면서 끌려 나온 배우들이 분위기에 도취되어 현란하게 변해 버린 조명 앞에서 신나게 온몸을 흔들어댔다.

거기에는 강도영도 예외가 아니었다.

이연희가 직접 다가와 그를 끌고 나갔기 때문에 강도영은 강민경과 함께 테이블 앞 공간까지 나가 한바탕 춤을 추고 들어와야 했다.

TCN에서는 이번에 연기 대상 진행 방식을 바꿔 다른 방송사와 확연히 차별되는 축제로 만들려고 작정한 것 같았다.

거의 10여 분이 넘도록 배우들이 떼로 몰려나와 춤을 추면서 노래를 했기 때문에 뒤쪽에 앉아 있던 관객들이 전부 일어날 만큼 분위기가 뜨거워졌다.

관객들도 이런 시상식 분위기는 처음이었을 것이다.

관객과 배우들이 하나가 되어 신나게 춤추고 노래하는 장면은 지금까지 어떤 방송사도 연출한 적이 없었으니 집에서 지켜보는 시청자들도 커다란 흥미를 느꼈을 게 분명했다.

하지만 축하 무대가 끝나고 여자 우수상의 발표 순서가 다가오자 공개홀은 또다시 긴장감에 사로잡히기 시작했다.

말만 하면 모두 알 정도로 유명한 여배우들이 대거 수상 후보에 포함되어 있었기 때문에 공개홀은 발표가 다가오자 순식간에 정적에 잠겼다.

"떨려?"

"응."

강도영이 슬쩍 묻자 강민경이 살짝 인상을 찌푸렸다.

비록 대상 후보는 아니었지만 여자 우수상 후보들 역시 막강했기 때문에 수상 가능성은 채 반도 되지 않은 상태였다.

더군다나 이번 평가가 작품성에 주안점을 뒀다는 것 때문에 강민경은 그리 큰 기대감을 가지고 있지 않았다.

그럼에도 그녀는 강도영이 묻자 순순히 고개를 끄덕였다.

여자 우수상의 발표는 이연희가 했는데 그녀의 입에서 나온 이름은 강민경이 아니라 진연수였다.

진연수는 이혼을 한 후 아들을 혼자 양육하는 싱글 맘의 애환을 그린 '그녀의 일상'에서 열연한 배우였다.

인터넷 유저들의 평가에서 2위를 차지했을 정도로 '그녀의 일상'은 작품 면에서 호평을 받았기 때문에 작품성을 우선으로 한다는 TCN의 선정 방침에 가장 어울리는 배우이기도 했다.

신은서는 여자 우수상에 진연수가 선정되자 한숨을 길게 내리쉬며 멀리 앉아 있는 강도영을 바라보았다.

이렇게 될 것이라 예상은 했지만 막상 결과가 현실로 나타나자 갑자기 강도영이 불쌍하게 여겨지기 시작했다.

작품성?

도대체 작품성의 정체는 무엇이란 말인가.

강도영은 신비한 남자의 주인공을 맡아 수많은 시청자에게 즐거움을 주었고 매주 수요일과 목요일이 되면 사람들을 텔레비전 앞으로 모이게 만든 주인공이었다.

그런 강도영이 작품성이란 허울 좋은 변명 때문에 대상을 수상하게 되지 못한다는 건 절대 받아들일 수 없는 일이었다.

그럼에도 신은서는 자리에서 일어나지 못했다.

마음 같아서는 강도영이 있는 곳으로 가서 그를 데리고 당장 이곳을 빠져나가고 싶었지만 그러기에는 너무나 많은 걸림돌이 존재했다.

그녀 혼자 받아들여야 할 고통만 있는 것이 아니라 그렇게 했을 경우 강도영이 받아야 할 고통이 너무 컸다.

한숨을 내리쉬고 여자 우수상에 이어 김승환이 남자 우수상을 발표하는 걸 우두커니 지켜봤다.

아무런 느낌도 없었다.

누가 되든 그녀에게는 아무런 상관도 없었고 그저 허울 좋은 이 시상식장을 빨리 벗어나고픈 마음뿐이었다.

그때 김승환의 입에서 전혀 예상치 못했던 이름이 튀어나왔다.

그녀는 듣고도 믿지 못하겠다는 듯 자리에서 벌떡 일어났는데 비슷한 반응을 보인 사람들이 그녀 말고도 여럿이었다.

축하를 하기 위해 일어선 것이 아니라 놀라서 무의식중에 일어선 것이었기에 수상을 하기 위해 걸어 나가는 배우를 향해 박수조차 쳐주지 못했다.

하지만 남자 우수상에 선정된 이정한은 얼굴 가득 웃음을 베어 문 채 후배 연기자들과 관객들을 향해 손을 흔들고 있었다.

연기 대상으로 강력하게 거론되었던 이정한이 남자 우수상에 선정되자 강도영의 옆으로 사람들이 몰려들기 시작했다.

먼저 신은서가 자신의 탁자에서 벗어나 강도영에게 왔고 신비한 남자의 담당 피디인 정한준과 이승환, 윤철욱이 부리나케 테이블로 뛰어왔다.

온 사람들은 그들만이 아니었다.

신비한 남자에 출연했던 국민 배우 전혜숙과 이동훈, 친구역을 맡았던 허재용에 이어 멀리서 지켜보던 서은경과 서현탁까지 슬금슬금 강도영 쪽으로 다가왔다.

같은 테이블에 있었던 이정한과 다른 배우들이 자리를 양보하고 비켜준 것은 그들 역시 분위기가 이상하다는 것을 눈치챘기 때문이다.

여기저기서 의자를 가져온 사람들이 강도영 주변에 잔뜩 앉자 신비한 남자 팀이 하나가 되어버렸다.

사람들은 강도영 주변에 앉았지만 대놓고 속에 있는 말을 꺼내지 않았다.

그저 시상식을 바라보며 얼른 시간이 지나기를 간절히 기다릴 뿐이었다.

"어휴, 씨발. 속 타 죽겠네. 무슨 노래가 저렇게 기냐?"

"좀 조용히 하세요. 남들 들어요."

이승환이 중얼거리자 옆에 있던 윤철욱이 타박을 했다.

하지만 그의 목소리에는 질책이 담겨져 있지 않았다.

이승환이 간절히 바라고 있는 것이 무엇인지 너무나 잘 알고 있었기 때문이다.

페이스를 창립한 후 지금까지 소속 배우가 상을 탄 적은 단 한 번뿐이었다.

그것도 여기저기 상을 남발하는 JYN에서 남자 우수상을 수상한 것이 전부였다.

그랬기에 이승환이 안절부절못하는 것이 이해가 갔다.

지금 무대에서 화려한 퍼포먼스를 펼치고 있는 것은 현재 아이돌계에서 최고의 인기를 누리고 있는 6인조 그룹 '레드 드 래곤'이었다.

그들이 부른 히트곡은 각종 음원 차트를 석권하면서 여학 생들에게 폭발적인 인기를 얻고 있었는데 가요 대상에서 유력 한 후보로 선정된 팀이었다.

드디어 '레드 드래곤'이 그들의 마지막 곡을 모두 끝내고 무 대에서 사라지자 연신 뭔가를 중얼거리던 이승환의 입이 조개 처럼 다물어졌다.

그건 박수를 치면서 무대를 지켜보던 신은서와 강민경도 마찬가지였다.

특히 신은서는 연신 물을 들이켜고 있었는데 당사자인 강도 영보다 훨씬 긴장한 모습이었다.

무대가 정리되면서 시상식장에 김승환과 이연희가 나타나 자 신은서는 물 잔을 부여잡고 안절부절못하며 잠시도 가만 있지 못했다.

"은서 씨, 왜 그래?"

"그냥… 막 겁나. 잘못될까 봐."

"바보. 남들이 봐. 여신답게 우아한 모습으로 앉아 있어."

"응."

대답은 그렇게 했지만 신은서는 또다시 물 잔을 부여잡은 채 고개를 탁자에 박고 뭔가를 중얼거렸다.

대충 봐도 그녀가 믿고 있는 절대적인 존재에게 뭔가를 간절히 빌고 있는 모습이었다.

무대의 정리가 끝나자 단상이 마련되었고 꽃다발을 든 진행 요원들과 TCN의 사장이 모습을 드러냈다.

그러고는 김승환의 입에서 연기 대상의 후보들이 하나씩 소개되면서 전면 벽에 거대한 영상이 들어오기 시작했다.

김승환과 이연희는 영상이 흐를 때마다 올 한 해를 빛낸 스타들에게 뜨거운 박수를 보냈는데 마지막에 강도영의 모습이 나타나자 의미심장한 웃음을 숨기지 않았다.

모든 소개가 끝나고 TCN의 사장이 단상으로 다가서자 김승환이 들고 있던 봉투를 펼쳐 들었다.

"여러분 오랫동안 기다리셨습니다. 드라마의 왕국 TCN은 그동안 수많은 명작을 탄생시키며 시청자들을 울고 웃게 만들어 왔습니다. 올 한해는 특히 많은 작품이 시청자들의 사랑을 받아왔기 때문에 후보자 중 누가 대상이 되어도 이견이 없을 거란 생각이 듭니다. 자, 그럼 대상을 발표하겠습니다. TCN 연기 대상, 신비한 남자… 강도영!"

김승환이 봉투에서 꺼낸 카드를 카메라 쪽으로 내보이며 대상자를 발표하자 강도영이 앉아 있던 테이블이 순식간에 난장판으로 변했다.

이승환이 벌떡 일어나 강도영을 끌어안았고 뒤이어 서현탁과 윤철욱이 달려들어 한 몸이 되었다.

강도영은 자신의 이름이 발표되고 이승환이 끌어안자 바보처럼 웃기만 했다.

뒤이어 달려온 윤철욱과 서현탁의 손을 마주 잡았고 차례대로 축하해 주는 사람들에게 고맙다는 인사를 한 후 신은서의 몸을 가볍게 끌어당겨 안았다가 놓아주었다.

그러고는 무대를 향해 걸어가 단상에서 TCN 사장이 주는 트로피를 받았다.

언제 준비했는지 신은서를 비롯한 신비한 남자 출연진들이 벌 떼처럼 달려들어 꽃다발로 강도영의 온몸을 장식했는데 너무 많아서 들기가 힘들 정도였다.

서현탁과 서은경의 도움으로 꽃다발을 정리한 강도영이 마이크 앞으로 다가섰다.

그런 후 천천히 사람들을 향해 입을 열었다.

"아직 부족한 게 많은 제가 대상이란 영광을 받게 되어 너무나 부끄럽고 죄송스럽습니다. 저는 드라마에 처음 출연했을 정도로 연기 경력이 짧은 사람입니다. 그런 제가 이런 상을 받게 된 것은 정한춘 피디님을 비롯해서 같이 드라마를 꾸며 나갔던 많은 분의 도움이 있었기 때문일 것입니다. 어느 선배님께서 연기자는 사람들의 삶을 대신 살아가는 사람이라고 가르쳐 주셨습니다. 그 가르침을 잊지 않겠습니다. 사람 냄새가 물씬 나는 연기자가 될 수 있도록 앞으로도 열심히 노력하겠습니다. 저를 위해 애써주신 이승환 사장님, 윤철욱 실장님, 은경이 누나, 그리고 목숨보다 소중한 나의 친구 현탁이와 이수현 작가님, 사랑하는 동생 우성이와 같이 호흡하면서 드라마를 성공적으로 이끈 스태프분들, 연기자분들께 진심으로 감사드립니다. 그리고 마지막으로 부모님께 가슴 하나 가득 사랑과 존경을 담아 고마움을 전합니다. 저로 인해 가슴 아파하면서 살아오신 아버지, 그리고 어머니, 그 은혜를 죽는 날까지 잊지 않겠습니다. 여러분, 감사합니다."

제36장
광개토대제

 강성두와 정영숙은 둘째 아들인 강우성과 함께 텔레비전
앞에 모여 앉았다.

 오늘은 TCN의 연기 대상을 발표하는 날이기 때문에 가족
들은 긴장 속에서 텔레비전을 지켜봤는데 화면에서는 유명한
배우들이 연신 시상식으로 들어서는 것이 보였다.

 분위기가 가라앉은 건 강도영이 가족들에게 미리 상을 받
지 못할 거란 언질을 남겼기 때문이다. TCN에서 작품성을 우
선으로 평가하기 때문에 이정한이 대상으로 거의 결정되었다
는 말을 했던 것이다.

그 말을 들은 강성두와 정영숙은 아무런 말도 하지 않고 그저 강도영을 위로하기에 바빴다.

다른 사람들 같았으면 펄쩍펄쩍 뛰면서 화를 냈을 텐데 그들은 바보처럼 아들이 상처 입지 않기만을 바랐다.

누군가를 이기려고 애쓴 삶이 아니다.

지금까지 살아오면서 현실에 순응했고 있는 자들에게 치여 살면서 포기라는 단어를 너무 쉽게 받아들이는 게 몸에 배었기 때문이다.

하지만 강우성은 달랐다.

군대를 제대한 후 복학해서 4학년에 다니고 있는 강우성은 갑작스러운 TCN 평가 방식 변경에 문제가 있다며 분통을 터뜨렸다.

올 한 해 전 방송사를 통틀어 최고의 시청률을 터뜨린 강도영에게 상을 주지 않는다는 건 전혀 이해되지 않는 일이라며 여기에는 분명 음모가 있다고 거품을 물었다.

그러나 그가 할 수 있는 건 그게 전부였다.

TCN이란 거대 공룡에게 이의를 제기해 봤자 형에게 아무 도움이 되지 않는다는 걸 너무나 잘 알기에 강우성은 시상식이 다가오자 더 이상 아무런 말도 꺼내지 않았다.

"여보, 저기 도영이에요."

"그러네."

"우리 아들 정말 잘생겼어. 저 사람들 몰려드는 것 좀 봐. 다른 배우들 올 때보다 훨씬 많잖아요?"

"당연하지, 우리 도영이는 이제 대한민국 최고의 스타라고."

강성두가 대답을 하면서 웃음을 짓다가 슬그머니 인상을 긁었다.

강도영이 차에서 내려 계단 쪽으로 가다가 기자들과 팬들에게 둘러싸여 걸음을 옮기지 못하고 있었기 때문이다.

"저러다가 다치겠네. 어… 어, 그만들 해!"

강성두가 소리를 지르며 팔을 치켜들고 화면을 가리켰다.

팬들이 미는 바람에 강도영이 비틀거리는 장면이 나왔는데 하마터면 넘어져서 다칠 뻔했기 때문이다.

다행스럽게 보안 요원들이 사람들을 막고 강도영을 보호하며 계단을 오르는 것이 보였다.

불안한 눈으로 지켜보던 정영숙의 얼굴에서 다시 웃음이 피어난 것은 중간쯤 계단을 오르던 강도영이 사람들에게 다가가 손을 잡아줄 때였다.

역시 우리 아들은 착하다.

그녀의 눈에는 잘못하면 다칠 수도 있다는 걸 뻔히 알면서도 팬들의 손을 주저 없이 잡아주는 아들의 마음이 더없이 곱게 보였다.

화면은 강도영에게 집중되고 있었다.

워낙 신비한 남자의 인기가 하늘을 찔렀기 때문인지 계단에서 배우들이 들어오는 걸 찍던 카메라가 강도영을 계속 따라왔다.

포토 존에서 사진을 찍을 때 신은서가 나타나자 정영숙이 자신도 모르게 소리를 질렀다.

"은서가 왔네. 은서 참 예쁘죠?"

"당연하지. 은서는 얼굴도 예쁘지만 마음씨도 참 착한 거 같아. 우성아, 넌 은서 어떠니?"

"뭐가요?"

"형 짝으로 말이야."

"글쎄요. 연예인들은 너무 쉽게 헤어지잖아요. 나는 형이 연예인 말고 평범한 사람이랑 결혼했으면 좋겠어요."

"그건 그런데… 둘이 너무 잘 어울려서……."

강우성의 대답에 정영숙이 나서며 말을 흐렸다.

그동안 보여주었던 강도영에 대한 신은서의 태도가 그녀의 마음에 쏙 들었기 때문이다.

강우성의 말대로 연예인들의 교제는 언제 파탄이 날지 알 수 없었다.

언론에서 매일처럼 흘러나오는 기사가 사귀던 연예인들이 헤어졌다는 보도였기 때문에 이제는 연예인들이 사귄다고 해도 그런가 보다 했다.

하지만 정영숙은 자신의 아들이 신은서와 잘되기를 간절히 바랐다.

강도영의 나이도 내년이면 30살이 되기 때문에 결혼을 생각할 때가 되어 신은서를 볼 때마다 자꾸 며느리감으로 보게 된다.

시간이 흘러 화면에서는 축하 공연과 수상자 발표가 연이어 이어졌는데 대상 발표 시간이 되자 화면이 강도영을 계속 잡아주었다.

"아버지, 아무래도 이상해요. 이정한 씨가 대상을 받을 거라 했는데 남자 우수상을 받았잖아요. 잘하면 형이 대상을 받을 수 있겠어요."

이정한이 남자 우수상을 받는 걸 보며 눈치 빠른 강우성이 뭔가 이상함을 느끼고 말을 하자 가족 전체가 긴장감에 빠져들었다.

그의 말대로 이정한이 대상 후보에서 빠졌다는 건 강도영이 대상을 받을 수 있다는 것을 의미하기 때문이었다.

드디어 사회자의 입에서 강도영이 연기 대상이라는 발표가 나오자 강성두가 두 팔을 번쩍 들며 자리에서 벌떡 일어났다.

정영숙이 강우성을 붙잡고 울기 시작한 것은 강도영이 트로피를 치켜들며 밝게 웃는 모습을 본 후 부터였다.

우리 아들, 말도 잘한다.

마이크 앞에서 수상 소감을 말하는 강도영의 모습이 눈부시게 빛나고 있었다.

그리고 마지막 순간.

정영숙에 이어 강성두의 두 눈에서 굵은 눈물이 쏟아지기 시작했다.

해준 것이 아무것도 없었다.

가난한 집안에서 태어나 마음껏 먹지도 못했고 바보 같은 부모 때문에 못난 외모를 가져 수없이 외로운 나날들을 보내야 했던 아들이었다.

그런데도 아들은 수많은 사람 앞에서 그들에게 사랑한다는 말을 하고 있었다.

*   *   *

언론은 각 방송사의 연기 대상에 지대한 관심을 기울였지만 특히 TCN의 결과에 주목했다.

워낙 연예계의 소식에 정통한 기자들은 TCN이 새로운 평가 방식을 들고 나오면서 이정한이 유력한 대상 후보라는 것을 알고 있었기 때문에 강도영의 수상에 특별한 의미를 부여했다.

수상이 발표된 다음 날.

수많은 언론사가 앞다퉈 강도영의 수상 소식을 전하면서 당연한 결과라는 평가를 내렸다.

TCN이 작품성을 먼저 고려하겠다고 공언했으나 금년 들어 최고의 시청률을 기록한 신비한 남자의 강도영에게 대상을 수여하지 않는다는 건 처음부터 말도 안 된다는 반응들이었다.

그러면서도 언론은 TCN이 남녀 우수상에 뛰어난 작품성을 보여주었던 '길'과 '그녀의 일상' 주인공 이정한과 진연수를 선정한 것을 높이 평가했다.

공영방송으로서 인기보다 작품성에 우선을 두어 연기자들의 사기를 진작시킨다는 건 매우 고무적이라며 칭찬을 아끼지 않았다.

대상 수상과 더불어 언론을 강타한 것은 김동혁 감독의 광개토대제에 강도영이 주연으로 출연한다는 소식이었다.

TCN의 연기 대상식이 있었던 이틀 후 전격적으로 DR미디어 측은 광개토대제의 제작 발표회를 가졌는데 그때까지 비밀로 지켜왔던 출연진들이 발표되었던 것이다.

광개토대제의 출연진은 그야말로 화려함 그 자체였다.

주인공인 강도영을 비롯해서 사대천왕의 유혁, 현재 여배우 중 최고의 인기를 달리고 있는 문정혜를 비롯해서 이름만 들어도 고개를 끄덕일 정도로 유명한 연기파 배우들이 대거 출연진에 이름을 올렸다.

최근 몇 년 동안 제작된 영화들 중에서 단연 최고의 출연진이라 해도 전혀 손색이 없을 만큼 배우들의 면면은 화려하기 짝이 없었다.

광개토대제는 대한민국 역사상 최대의 제작비가 투자되는데 그 금액이 무려 700억에 달하는 것으로 발표되었다.

그야말로 천문학적이 돈이다.

DR미디어 측은 히어로에서 벌어들인 돈의 대부분을 재투자하면서 주요 창투사들의 투자를 받았다. 예정된 제작비 700억을 모으는 데 단 일주일밖에 걸리지 않았다고 한다.

그만큼 김동혁이 메가폰을 잡는 광개토대제의 상품성이 뛰어나다는 것을 단적으로 알려주었다.

더군다나 한민족 역사에서 불세출의 영웅으로 언제나 거론되었음에도 영화로는 처음 제작되었고 대부분의 과정이 역사적 고증을 통해 몽고의 초원에서 촬영된다는 사실이 알려지며 제작 기간이 무려 일 년 반이라는 사실이 노출되자 언론은 물론이고 영화 팬들은 벌써부터 엄청난 기대와 흥분에 젖어 들었다.

언론은 다시 한 번 광개토대제로 인해 몸살을 앓기 시작했다.

제작 발표회부터 어마어마한 제작비가 들어가는 초대작이라는 사실이 공표되었고 최근 들어 대한민국을 들었다 놓고 있는 강도영과 화려한 출연진이 알려지면서 각 언론은 광개토대제 담당 기자까지 선정할 정도였다.

벌 떼처럼 달려든 기자들 앞에서 제작 발표회를 마친 김동혁은 주요 배우들을 데리고 자신의 집으로 갔다.

그와 함께 집까지 간 사람은 유혁과 강도영, 여주인공 역을 맡은 문정혜와 곽재민이었다.

전부 주연급을 소화하는 배우들이었는데 유혁은 광개토대제의 오른팔이자 북방 전략 사령관 염모 역이었고 곽재민은 강도영의 천적 역할인 후연의 황제 역을 맡았다.

강도영을 포함해서 그들은 모두 김동혁 사단에 포함된 배우들이었다.

넓은 거실에 모여 앉은 그들 앞에는 어느새 발렌타인 30년산이 놓여 있었고 치즈와 마른안주들이 나왔는데 문정혜가 냉장고를 들들 뒤져 가져온 것들이었다.

그만큼 그녀가 이곳에 자주 왔다는 뜻이다.

문정혜는 33살이었는데 연기 경력이 벌써 15년이나 된 특급 배우로서 남자들이 뽑은 결혼 상대 1순위에 올라 있는 여자였다.

"도영아, 축하한다."

"고맙습니다, 감독님."

김동혁이 술을 따라주자 강도영이 두 손으로 공손하게 받으며 어색한 웃음을 지었다.

이 자리에 있는 사람들은 전부 영화판에서만 사는 사람들이었다.

다시 말해 텔레비전과는 친하지 않은 사람들이란 뜻이었다.

유혁이 빙그레 웃으며 나선 건 강도영의 마음을 읽었기 때문임이 분명했다.

"방송사에서, 그것도 TCN에서 대상을 받은 건 충분히 축하할 일이다. 저번에 네가 히어로에 출연하고도 상을 받지 못한 것 때문에 내가 마음이 아팠는데 정말 잘됐다. 도영아, 다음에는 우리 청룡이나 먹으러 가자."

"형님이 사주신다면 무조건 먹어야죠. 그런데 청룡이 뭡니까?"

"이 자식아, 배우가 그것도 몰라? 청룡영화제 말하는 거잖아."

"아이고, 그걸 그렇게 줄여서 말씀하시면 어떻게 해요. 난 또 맛있는 거 먹으러 가자는 줄 알았잖아요."

"감독님, 도영이가 이렇게 눈치 없는데 대왕 역할을 잘할까요. 지금이라도 그거 저한테 주시면 안 되겠습니까?"

"호호호… 그건 안 돼요."

"왜?"

자신의 질문에 김동혁이 상대하기 싫다는 듯 술잔을 드는 걸 본 유혁이 중간에서 끼어든 문정혜를 바라보며 불끈 인상을 긁었다.

그러자 문정혜가 배시시 웃으며 술잔을 들어 그에게 내밀었다.

"오빠는 그냥 장군 역할이나 해. 나 정말 오랜만에 괜찮은 상대 만났거든. 더 늙기 전에 나도 도영 씨처럼 잘생긴 남자랑 알콩달콩 사랑하는 장면 좀 찍어보자."

"야, 이게 무슨 에로 비디오냐, 사랑하는 장면 찍게? 넌 왕비지만 여전사로 나오는 거 몰라?"

"알죠. 전장에 핀 사랑 멋있잖아. 오빠, 그것도 멋있어. 여자들의 특별한 로망이라고나 할까. 그리고 맨날 싸우는 거 아니야. 우리 둘이서 뽀뽀하는 장면도 나와."

"좋기도 하겠다."

"그래서 멋있는 사람하고 찍어야 된다고."

"어이구, 웃기고 있네. 그냥 솔직히 말해. 나보다 도영이가 잘생겨서 그런 거잖아."

"히힛, 나도 양심이 있지 그런 말을 어떻게 직접적으로 하겠어. 그냥 마음씨 넓은 오빠가 대충 알아듣고 깔끔하게 포기하셔. 우리 감독님 늙겠어. 오빠가 하도 툴툴대서."

정말 성격이 좋다.

말을 하지 않았을 뿐 김동혁 감독도 많은 고민을 했을 게 틀림없었다.

언제나 그의 영화는 유혁이 주인공이었고 유혁은 화려한 연기력으로 영화의 성공을 이끌어낸 장본인이었기 김동혁은 강도영에게 주인공 역할을 맡기면서 인간적으로 상당한 미안함을 느꼈을 것이다.

그런데도 두 사람은 아무 일도 아니라는 듯 쉽게 꺼내지 못할 말을 마구 떠들며 술자리의 분위기를 끌어 올리고 있었다.

그만큼 김동혁과 허물이 없는 사이란 뜻이었다.

김동혁이 슬그머니 나선 것은 발렌타인 30년이 바닥을 보이기 시작했을 때였다.

"미리 말했던 것처럼 본격적인 촬영은 3월부터 들어간다. 그때까지 너희들은 제주도로 가서 합숙 훈련을 해야 돼. 제주도에 웬만한 건 다 준비해 놨으니까 거기 가서 죽었다 생각하고 몸 만들어놔. 특히 재민이 빼고 너희 셋은 완벽하게 소화해야 되니까 배우들하고 일정 잡아서 집중적으로 훈련해야 된다."

"그런데 감독님, 왜 그렇게 말 타는 것에 집중하시는 거죠?"

"모든 액션이 말에서 이뤄지니까 그렇지. 말 못 타면 아무것도 못 찍어."

"집단 전투 신은요?"

"역사학자들한테 진법하고 전투 기법들을 조언받는 중이다. 너희들이 어느 정도 준비가 되면 몽고로 넘어가서 훈련할 예정이야. 우린 액션 신 전부를 몽고에서 찍는다고 했잖아."

김동혁이 유혁의 질문에 대답하자 듣고만 있던 문정혜가 불쑥 나섰다.

"감독님, 왜 꼭 몽고에서 찍어요. 몽고는 숙소 문제도 그렇고 식사하기도 무척 어렵잖아요."

"촬영에 동원할 수 있는 말이 가장 많은 나라가 몽고기 때문이야. 더군다나 전투 신을 찍기에 몽고의 초원이 최적이지."

김동혁의 대답에 문정혜가 입을 주욱 내밀었다.

그녀의 말대로 몽고는 숙소 형편이 최악이었다. 더군다나 먹거리가 한정되어 있었기 때문에 입이 짧은 그녀에게는 최악의 장소가 될 것이 분명했다.

그럼에도 아무 말도 하지 못했다.

광개토대제의 전투 신은 그 당시의 상황에 맞춰 기마 전투가 대부분이었다.

고구려의 철갑 기마병이 광대한 초원을 달리며 주변국들을 점령해 나가는 전투 신은 영화의 백미였기 때문에 그녀에게는 최악이겠지만 촬영만을 놓고 본다면 몽고는 최적의 장소였다.

더군다나 국내에서 떠나는 스턴트맨들을 제외하고 대부분의 인력은 저렴한 비용으로 고용할 수 있는 몽고인들을 쓴다는 게 제작진의 계획이었다.

몽고인들은 대부분 마상 마술 능력이 뛰어나기 때문에 대규모의 엑스트라를 충원해야 하는 영화의 특성으로 봤을 때 몽고만 한 곳이 없었다.

현재 김동혁이 몽고 현지에서 엑스트라로 동원하려고 계획된 인원은 500명이었다.

물론 그동안 광개토대제에 자발적으로 참여하겠다고 나선 신인들의 숫자 50여 명과 국내 탑3의 전문 스턴트맨 100여 명이 촬영에 투입되고 주요 배역을 맡은 30여 명의 출연진까지 합하면 거의 700에 달하는 숫자가 전투 장면을 찍게 될 것이다.

물론 실제 전투 장면을 찍기 위한 인원으로는 턱없이 부족한 숫자였지만 나머지는 정교한 컴퓨터 그래픽으로 압도적인 전투 신을 만들어낸다는 게 김동혁의 복안이었다.

"도영아, 이번 광개토대제는 한민족 역사상 가장 위대한 인물을 표현해야 된다는 어려움이 있다. 히어로처럼 압도적인 카리스마는 기본이고 영웅으로서의 담대함과 포용력, 천하를 내려다보는 직관과 용기가 모두 담겨야 한다. 무슨 뜻인지 알겠지?"

"알고 있습니다. 장면 하나하나가 가진 의미를 새기고 새겨서 누가 봐도 부끄럽지 않도록 최선을 다하겠습니다."

*　　　　*　　　　*

강도영이 제주도로 떠난 것은 광개토대제 제작 발표회가 있었던 날로부터 일주일 후였다.

김동혁이 합숙을 해달라고 이야기를 했으나 배우들이 자신들의 스케줄을 모두 제쳐두고 3달이란 긴 시간 동안 제주도에서 산다는 건 말도 안 되는 일이었다.

당장 유혁이나 문정혜는 소속사에서 잡아놓은 스케줄이 빡빡하게 차 있는 사람들이었고 다른 주요 배우들도 다소의 차이가 있을 뿐 대동소이한 입장이었다.

그건 김동혁도 잘 아는 사실이었다.

광개토대제를 총괄하는 감독 입장에서 부탁을 했을 뿐 강제할 수 있는 건 아무것도 없었다.

출연하는 배우들도 먹고살아야 하는데 자신의 영화가 잘되자고 그들의 밥줄을 끊을 수는 없기 때문이었다.

사실 그건 강도영도 마찬가지였다.

회사 측에서는 촬영이 3월부터란 일정을 알게 되자 당장 광고 촬영과 화보를 찍자며 강도영에게 스케줄을 알려왔다.

시간이 돈이었다.

강도영은 지금 한참 몸값이 천정부지로 뛰고 있는 상태였기 때문에 3달이란 시간만 주어진다면 엄청난 돈을 벌어들일수 있었다.

벌써 그에게 몰려든 광고 숫자만 해도 7개나 되었다.

그것도 이승환이 강도영의 이미지에 맞게 고르고 고른 것만 그렇지, 어중이떠중이까지 합한다면 20개가 넘었다.

그러나 강도영은 이승환의 광고 계약 제의를 단호하게 거부했다.

김동혁으로 인해 히어로에 출연했고 스타덤에 올랐다.

운이 좋아 이수현의 작품에 출연해서 연기 대상이란 영광을 얻었으나 자신은 아직도 신인이란 생각을 버리지 않았다.

최선을 다한다는 것.

연기로 성공하겠다는 마음을 가졌으니 돈의 유혹에 휘말려 자신을 나태하게 만들고 싶지 않았다.

광개토대제.

김동혁의 설명을 들으며 가슴이 벅차오르는 것을 느꼈다.

자신처럼 부족한 사람이 연기하기에는 너무나 위대한 인물이라 지난 일주일 동안 마음속이 답답해질 정도로 부담감을 느꼈다.

그 부담감의 끝에 남은 것은 언제나 최선을 다해야 한다는 각오뿐이었다.

한민족 역사상 가장 위대한 위인을 연기하기 위해서 전력을 기울일 생각이었다.

단 한 톨의 후회도 남기지 않겠다는 각오.

그 각오가 있었기에 강도영은 광고를 찍은 후에도 늦지 않는다는 이승환의 회유를 뿌리치고 지옥에 들어가는 심정으로 가차 없이 짐을 쌌다.

이승환은 삼고초려의 심정으로 설득하다가 강도영이 완강하게 거절하자 깨끗하게 포기를 하고 제주도에 그가 묵을 호텔을 섭외해 줬다.

승마장과 가장 가까운 곳에 위치한 프린스호텔은 페이스 쪽에서 강도영이 영화 촬영을 위해 머물 것이란 연락을 하자 두말없이 디럭스룸을 내주었다.

당연히 공짜다.

현재 대한민국에서 인기 절정을 달리는 강도영이 머물겠다는 연락을 하자 귀빈으로 모시겠다는 호텔이 5개도 넘었다.

강도영은 제주도로 떠나면서 서은경에게 휴가를 줬다.

어차피 그녀가 있어도 훈련하는 동안은 할 일이 없을 것이기 때문에 서현탁과 단둘이 길을 나섰다.

밴을 가져갈 수 없으니 회사에서 보내준 승용차를 타고 공항으로 향했다.

연예계 소식을 보면 스타들이 공항에서 모습을 드러낼 때마다 마스크와 모자, 심지어 목도리로 얼굴 전체를 감싼 장면이 나오는데 사람들에게 노출되어 괴롭힘을 당하지 않기 위함이었다.

그러면서도 그들은 온갖 치장을 하고 나타나 사람들이 알아볼 수 있게 만드는 짓을 하곤 했다.

스타의 이중성이라고 할까.

남들이 알아보지 못하면 서운하고, 알아보고 덤비면 귀찮은 그런 이중성 말이다.

강도영은 서현탁과 똑같이 청바지에 외투만 걸치고 공항으로 향했다.

선글라스도 끼지 않았고 모자도 쓰지 않았는데 길거리에서 언제든지 볼 수 있는 차림새였다.

강도영이 공항에 나타나자 기다리고 있던 기자들이 벌 떼같이 몰려들어 사진을 찍기 시작했다.

회사에서는 그의 일정을 기자들에게 비밀로 했으나 어떻게 알았는지 공항에서 기다리고 있던 기자들의 숫자는 서른 명도 넘었다.

기자들이 난리법석을 부리자 미처 강도영을 알아보지 못했던 사람들이 구름처럼 몰려들었다.

"강도영이야, 강도영!"

"우와, 그냥 청바지를 입었는데도 간지가 줄줄 흐르네. 정말 환상적이다."

몰려든 사람들은 남녀노소가 따로 없었다.

강도영의 인기는 여자들에게 한정되어 있지 않았기 때문에 그를 보러온 사람들 중 절반은 남자들이었다.

워낙 히어로에서 사내의 향기를 물씬 풍기는 카리스마를 보여줬기 때문에 여자들이 느낀 미친 존재감과는 차이가 있었으나 강도영은 남자들에게도 상당한 인기를 얻고 있었다.

기자들의 질문에 10분 정도 대답을 한 강도영이 비행기 시간에 맞춰 자리를 뜰 때까지 그의 주변에 몰려든 사람들 숫자는 300명이 넘을 정도였다.

＊　　　　　＊　　　　　＊

마운틴 승마장은 관광객들에게 승마 체험을 시켜주기도 했지만 경마 선수들을 육성시키는 프로그램도 운영할 만큼 제주에서 가장 큰 규모를 자랑하고 있었다.

보유한 말의 숫자도 100여 마리에 달했는데 그중 경주마도 8마리가 있었다.

물론 몸값이 비싼 경주마는 승마장 소유가 아니라 별도의 마주들이 관리를 맡겨놓은 것이었다.

"도영아, 꼭 나도 해야 되냐. 난 말 한 번도 안 타봤어."

"그러니까 해야지, 이 자식아. 내가 감독님한테 얼마나 사정해서 얻은 배역인데 어영부영하려고 해."

"말 타다가 허리 부러지면 넌 우리 정화 씨한테 죽어, 인마."

"괜찮아, 연기하다가 죽으면 정화 씨가 국립묘지에 안장시켜 줄 거다."

강도영이 서현탁의 어깨를 때리며 먼저 방을 나섰다.

친구의 꿈을 알기에 강도영은 김동혁에게 부탁해서 서현탁이 광개토대제에 출연할 수 있도록 배역을 따냈다.

그의 배역은 군졸이었으나 제법 화면에 자주 비춰지는 인물이었다.

전쟁 전에 병사의 사기와 투지를 북돋으며 급박하게 돌아가는 상황을 유머 있는 표현해 주는 감초 역할이었다.

따라서 서현탁도 승마를 배워야 했지만 운동신경이 둔한 그는 벌써부터 죽을상을 하면서 겁을 냈다.

하긴 이전에도 그랬다.

강도영을 따라 코리아 액션 스쿨에 출퇴근을 하면서 권투와 유술, 심지어 검법도 같이 배웠지만 서현탁은 죽어라 노력해도 강도영의 발끝조차 따라오지 못했다.

이미 DR미디어 측에서 준비를 해놨기 때문에 강도영은 첫 날부터 말 타는 법을 배우기 시작했다.

예정된 날짜에 도착한 배우들의 숫자는 50명이 넘었는데 신인들이 대부분이었고 주요 연기자는 강도영을 비롯해서 몇 명 되지 않았다.

마운틴에서 배우들에게 승마를 가르치기 위해 보내준 사람은 경마 선수를 육성하고 있는 국내 마술의 최고수 황인경이었다.

그는 마상재 부문에서 독보적인 기술을 보유하고 있는 기마술의 최고 전문가였다.

황인경의 교습 방법은 간단하고도 효율적이었는데 먼저 기초 이론 교육을 시행한 후 직접 시범을 보인 후 실습을 하게 하는 방식이었다.

어려웠다.

황인경이 탈 때는 무척 쉬워 보였으나 말을 직접 타게 되자 자꾸 자세가 허물어지며 균형이 흔들렸다.

그럼에도 강도영은 다른 사람보다 훨씬 빠르게 말과 한 몸이 되어갔다.

DNA가 변하면서 최적화된 그의 신체와 감각이 말의 움직임과 자신의 균형을 점점 일치시켜 가고 있었다.

*   *   *

유혁과 문정혜를 비롯해서 주요 배역을 맡은 배우들은 시간이 날 때마다 수시로 들락거리며 훈련을 받았는데 상당한 수준의 마술을 가진 사람이 많았다.

특히 유혁과 문정혜는 예전부터 말을 탔다고 했는데 나중에 들어보니 문정혜는 승마 선수까지 한 전력이 있었다.

시간은 빠르게 흘러갔다.

다른 배우들은 시간이 날 때마다 훈련받았지만 강도영은 아침부터 저녁까지 꼬박 말 타는 것에 목숨을 걸었다.

처음에는 기초 기술을 가르치던 황인경이 본격적으로 고난도의 기마술을 가르치기 시작한 것은 두 달이 지났을 무렵부터였다.

강도영이 완벽하게 말과 한 몸이 된 후 그는 마상재에 관한 것들을 가르쳤는데 말 위에서 눕기, 달리는 말에서 좌우로 뛰어내리기 등 고난도의 기예들과 기마 전투에 필요한 활쏘기와 창술, 기마 도법까지 포함되어 있었다.

죽고 싶을 정도로 힘들었다.

이전 영화들을 찍기 위해 육체적인 훈련을 오랫동안 해왔지만 말에서 먹고 잘 정도로 기마술에 집중하자 엉덩이가 전부 굳은살로 변해 버렸다.

*   *   *

"저, 미친놈!"

강도영이 빠르게 달리는 말 위에서 마상재를 펼치는 걸 보면서 유혁이 두 눈을 부릅떴다.

2주 전에 봤던 것과 전혀 다른 몸놀림으로 강도영은 말 위에서 자유자재로 움직이고 있었다.

오랜 연기 생활을 했기 때문에 사극도 여러 편 찍어 말 타는 것에는 자신이 있었지만 강도영이 지금 펼치고 있는 마상재는 끔찍할 정도로 어려워 엄두조차 나지 않았다.

정말 독한 놈이다.

제주도에 오고 나서 세 달 동안 밥도 먹지 않고 말만 탔다고 하더니 몽고 전사들이나 겨우 펼칠 법한 기마술을 강도영이 보여주고 있었다.

더군다나 달리는 말에서 부드럽게 활시위를 연속해서 당기는 모습과 창술을 펼치는 모습은 혀가 저절로 차질 정도로 기가 막혔다.

불과 3달 만에 저런 마술을 선보인다는 게 믿겨지지 않을 정도였다.

놀란 마음을 가진 건 문정혜도 마찬가지였다.

"오빠, 도영 씨 사람 맞아요?"

"방금 말했잖아. 사람이 아니라 미친놈이라고."

"나도 승마를 오래 탔지만 저런 건 처음 봐요. 정말 대단해요."

"참, 나. 이거 부끄러워서 고개를 들고 다닐 수가 없네. 나름대로 말 타는 건 자신 있다고 듬성듬성 훈련했는데 감독님한테 이젠 뭐라고 말하냐."

"나도 마찬가지요. 저 모습을 보면 감독님이 우릴 죽이려고 하겠는데요."

"아우, 술 땡겨."

"오늘 밤에 술이나 한잔할까요? 앞으로 남은 일주일 동안 열심히 하면 되죠. 뭐, 저 정도는 아니지만 우리도 최선을 다했잖아요."

"우리가 최선을 다했다고 누가 그래. 광고 다 찍고 공연 다 쫓아다니고 친구들 만나서 술도 먹고 밥 먹을 동안 저놈은 여기서 말만 탔어. 그런데 최선을 다한 거냐?"

"새삼스레 왜 그래요. 오빠가 자꾸 그러니까 얼굴 빨개지잖아요."

"내가 들어보니까 저놈이 광고 들어온 거 전부 캔슬하는 바람에 이승환 사장이 곤욕을 치렀다고 하더라. 대충 계산해도 백억 가까이 되나 봐."

"진짜요?"

"삼 일 전에 들었어. 도영이가 절대 찍지 않겠다고 했대."

"왜요?"

"순전히 영화 때문이라고 하더라. 저놈은 이번 영화에 목숨을 건 것 같아. 우린 돈 벌려고 눈이 찢어졌었는데 말이야."

"에휴, 볼수록 대단한 사람이네요."

"나도 처음 배우로 데뷔했을 때는 그랬어. 그땐 영화가 목숨이라고 생각한 적이 있었는데 나이가 들고 인기를 얻으면서 초심을 잃어버린 것 같아. 그래서 부끄럽다. 저놈은 나보다 더 인기가 있으면서도 아직 그 초심을 가지고 있잖아."

"그만하세요. 도영 씨는 미친놈이라면서요. 우린 안 미쳤으니까 정상인답게 살자구요."

*   *   *

제주도에서의 훈련이 끝나고 서울로 돌아오자 영화사 측에서 상세한 촬영 스케줄이 날아들었다. 영화 제작은 당초대로 1년 반이었지만 촬영은 금년 말까지 완료하는 것으로 계획되어 있었다.

그중 몽고에서의 촬영만 6개월이었으니 정말 대장정이라고 부를 만했다.

강도영은 제주도에서 돌아오고 난 후 한 달 만에 또다시 짐을 썼다.

다른 영화보다 제작 기간이 길었지만 워낙 전투 장면이 많았기 때문에 촬영 일정이 빡빡하게 짜여 있어 잠시도 쉴 틈이 없었다.

제주도에서 돌아온 후에도 완성된 대본을 외우느라 정신이 없었고 대본 리딩과 홍보 촬영, 기자들과의 인터뷰가 계속 이어졌기 때문에 하루도 편하게 쉬지 못했다.

그랬기에 신은서를 보기가 하늘의 별 따는 것처럼 어려웠다.

강도영만 바빴다면 덜 했겠지만 신은서 역시 톱 탤런트답게 각종 스케줄이 가득 차서 3달이 넘도록 그녀의 얼굴을 본 건 단 두 번뿐이었다.

떠나기 전에 그녀의 얼굴을 보고 싶었다.

이제 떠나면 오랜 시간 동안 얼굴을 보지 못한다는 생각이 들자 그녀가 너무나 보고 싶어졌다.

오늘 신은서는 양평에서 촬영을 한 후 밤 10시가 넘어야 집으로 돌아올 수 있다고 했기 때문에 강도영은 시간에 맞춰 그녀의 집으로 향했다.

미리 전화를 하지 않은 것은 그녀를 기쁘게 해주겠다는 욕심 때문이었다.

4월의 바람은 시원했다.

늦은 시간이었음에도 그녀가 사는 방배동은 화려한 네온사인과 길가에 줄지어 서 있는 가로등으로 인해 대낮처럼 밝았다.

차를 몰고 아파트로 들어선 강도영은 지하 주차장으로 가서 그녀가 들어오기를 기다렸다.

워낙 고급 아파트라 지정 주차제를 운영했기 때문에 시간이 되면 그녀의 밴이 이곳으로 들어올 것이다.

10시에 끝난다고 했지만 훨씬 늦어질 수도 있었다.

촬영이란 것은 많은 변수가 있기 때문에 늦어지는 경우가 많았으니 강도영은 아예 시간을 보지 않은 채 편하게 눈을 감았다.

많은 기억이 생각났다.

신은서가 처음 그에게 다가왔던 순간부터 사랑을 고백했던 그 순간까지.

그녀는 착한 마음을 가졌고 누구보다 그를 사랑해서 바보처럼 외로움을 참아내며 자신을 기다려 줬으니 이제 자신이 그녀를 위해 기다려 줄 차례였다.

작정하고 기다리겠다는 생각을 해서 그런지 눈을 감고 있자 서서히 눈꺼풀이 무거워지기 시작했다.

잠시도 쉴 틈 없이 달려온 시간들이 눈꺼풀에 매달려 그를 꿈속으로 이끌어갔다.

아직도 생생히 기억난다.

옷을 벗으며 부끄러워했던 그녀의 모습이. 그러면서도 그녀는 자신이 안아주자 뜨겁게 그의 품을 파고들었다.

그리고 지금 꿈속에서도 강도영은 신은서를 안고 있었다.

"도영 씨, 잠자는 게 꼭 애기 같네. 다른 여자면 어쩌려고 이렇게 꼭 끌어안는 거야. 혹시 나 말고 다른 여자 있는 거 아니지?"

너무나 달콤한 음성.

천천히 눈을 뜨자 자신을 빤히 바라보고 있는 신은서의 모습이 보였다.

그녀는 강도영의 품에 안긴 채 고개만 들어 더없이 다정한 시선을 보내고 있었다.

도대체 그녀가 왜 여기 있을까란 생각보다 꿈속에서 나타났던 그녀가 진짜 눈앞에 있자 반가움이 먼저 튀어나왔다.

"은서 씨, 언제 왔어?"

"20분 전에. 너무 잘 자서 안 깨웠어. 헤헤… 나 예쁘지."

"기다리다 깜박 잠이 들었네. 지금 몇 시야?"

"12시 10분."

"그럼 내가 2시간이나 잤단 말이잖아?"

"바보. 애인 기다리다 잠이나 자고. 아무래도 사랑이 부족해서 그런가 봐."

"그런데 왜 이렇게 늦었어. 10시에 끝난다면서."

"그때 끝났지. 그런데 누구 만나러 갔다 오느라 늦었어."

"누구?"

"누구긴 누구겠어. 내가 사랑하는 바보 멍텅구리 만나러 갔었지. 온다면 온다고 얘기를 해야지 무작정 오는 사람이 어디 있냐? 정말 바보같은 남자야. 현탁 씨 아니었으면 도영 씨 집에서 계속 기다릴 뻔했잖아."

"아이고… 전화라도 하지."

"기쁘게 해줄려고 그랬지. 나 보고 깜짝 놀라는 거 보고 싶었단 말이야."

"하하하… 나도 그랬는데."

"올라가자. 오늘 집에 아무도 없어."

"왜?"

"매니저 언니 집에 보냈거든. 도영 씨가 우리 집에 갔다는 소릴 듣고 총알같이 보냈어. 나 잘했지?"

신은서가 강도영의 뺨에 뽀뽀를 하면서 애교를 부렸다.

그 모습이 너무 예뻐서 저절로 손이 올라가 그녀의 얼굴을 쓰다듬었다.

그녀는 천사였고, 세상에서 가장 아름다운 꽃이었으며, 세상 어느 곳에서도 나를 찾아오는 나비였다.

몽고로 떠나기 전 그녀의 아름다운 모습을 한가득 가슴에 품고 떠날 수 있게 되어 너무나 기쁘고 다행이었다.

누군가를 사랑한다는 건 이렇게 행복한 건가 보다.

　　　　＊　　　　　　＊　　　　　　＊

"미안하네. 나 혼자 빠지려니까."

"괜찮아. 쉬다가 심심하면 다른 사람이나 봐줘. 어차피 누나는 가봐야 할 일이 없으니까 괜히 가서 고생할 필요 없어."

"야, 놀면서 돈 받으니까 바늘방석에 앉아 있는거 같아서 그래."

"그럼 그 돈 나 주든가."

"에라이, 벼룩의 간을 빼먹어라."

서은경이 손을 번쩍 들어 마징가제트처럼 주먹을 뻗었다.

아무 때나 폭력을 행사는 그녀의 행동에 강도영이 번개처럼 뒤로 도망가며 전권에서 벗어나자 앞에 앉아 있던 서현탁이 혀를 찼다.

지금 그들은 공항으로 가고 있는 중인데 워낙 오래 걸리는 출장이라 회사에서 파견된 기사가 차를 몰고 있는 중이었다.

"누나, 시집가려면 그 폭력 좀 줄여. 세상에 대한민국 모든 여자가 사랑하는 강도영을 패는 여자가 어디 있냐?"

"난 안 사랑하거든."

"어이구, 노처녀 히스테리. 하여간 무데뽀라니까."

"죽고 싶어?"

"어어… 이러지 마셔. 목 아프다고!"

서은경이 앞자리에 앉아 있던 서현탁의 목을 조르자 죽는다고 소리를 꽥꽥 질렀다.

하여간 엄살은 천하제일인 놈이었다.

공항에 도착해서 짐을 내리자 여행용 가방이 4개나 나왔다.

최대로 짐을 줄였지만 6개월이나 버텨야 했기 때문에 가방마다 짐이 가득 들어 있었다.

로비로 들어서자 기다렸다는 듯 플래시가 터지기 시작했다.

연예 기자들은 오늘이 광개토대제 팀의 출정하는 날이라는 걸 미리 알고 총출동한 것 같았다.

어쩌면 당연한 일이었다.

광개토대제는 영화 역사상 최대의 스케일을 자랑했고 출연진도 어떤 영화보다 화려해서 언론의 이목을 집중시킬 수밖에 없었다.

몽고까지의 비행시간은 3시간밖에 걸리지 않았기 때문에 일행은 오후 5시에 울란바토르공항에 도착할 수 있었다.

정말 대규모 인원이다.

김동혁 감독을 포함한 스태프가 70명에 달했고 배우들의 숫자도 그와 비슷했다.

거기에 100여 명의 스턴트맨까지 가세하자 몽고에 도착한 광개토대제 팀은 거의 250명에 달했다.

하지만 사람들의 숫자는 그들이 공수해 온 짐에 비하면 아무것도 아니었다.

각종 병기와 고구려 기마병의 철갑을 비롯해서 의복, 촬영 장비, 음향 시설. 특수 기자재 등 실어온 짐이 컨테이너로 스무 개가 넘었다.

인원이 많으니 걸리는 게 한두 가지가 아니었다.

DR미디어 측에서는 50개의 게르를 빌려 숙소로 사용했고 국내 요리사들을 파견해서 식사를 해결할 수 있도록 조치했지만 해결해야 할 것이 너무나 많았다.

그러나 시간은 모든 것을 해결해 주었다.

전혀 불가능해 보이던 것들도 스태프들은 하나씩 문제를 해결하며 촬영 준비를 착착 진행해 나갔기 때문에 촬영은 시시각각 눈앞으로 다가오고 있었다.

*　　　　*　　　　*

김동혁이 몽고를 촬영의 주 무대로 선정한 것은 광개토대제의 하이라이트인 기마 전투 신을 찍기 위함이었다.

영화에서는 대규모 기마 전투가 3차례 나오는데 그 당시 고구려를 압박하고 있던 후연과 백제, 그리고 거란과의 전투였다.

영화는 어린 시절 담덕이란 이름으로 후연의 볼모로 잡혀가 온갖 수모를 겪으며 고생하던 영락제가 대왕으로 즉위하면서 고구려를 괴롭히던 강적들을 하나씩 쓰러뜨리는 내용을 담고 있었다.

몽고에서 찍을 내용은 영화의 내용 중 전장에 관한 것이 대부분이었는데 기마 전투 신에만 무려 4달이란 긴 시간이 필요했다.

기마 전투 신에는 기마에 능숙한 몽고 현지인들과 배우들, 스턴트맨들까지 합해 모두 700명이 동원되는데 각 전투마다 20여 개씩의 전투 장면을 찍어야 했다.

전투의 현실성을 완벽하게 살리기 위한 계획이었다.

가장 큰 전투는 후연과의 기마전으로 계획되어 양쪽의 군세가 모두 합해 12만 명이었다.

현대의 컴퓨터 그래픽 기술이 무서울 정도로 정교해졌지만 기본이 되는 그림이 적으면 사실성이 떨어지기 때문에 전문가의 의견을 들어 각각 20여 개의 전투 신을 찍어 하나의 거대한 전쟁을 표현한다는 계획을 세웠다.

말로는 간단했지만 하나하나의 전투 신을 찍기 위해서는 엄청난 노력이 필요했다.

본격적으로 촬영이 시작된 것은 몽고에 도착한 후 일주일이 지나고 나서부터였다.

매일매일이 지옥에서 살아가는 것처럼 힘든 나날이었다.

강도영은 고구려의 수장으로 적장과의 단독 전투도 치러야 했고 기마 전투 장면을 찍을 때마다 선봉에 서야 했기 때문에 단 하루도 쉴 틈이 없었다.

모든 촬영의 중심에는 그가 있었기 때문이다.

물론 유혁과 문정혜도 마찬가지였다.

북방 사령관을 맡은 유혁과 왕비이자 여전사로 나오는 문정혜는 항상 강도영의 좌, 우측에서 싸워야 했기에 저녁이 되면 녹초가 되어 나가떨어지는 게 다반사였다.

엑스트라로 나오는 몽고 사람들의 기마술은 정말 대단했다.

말과 함께 살아온 사람들이라 그런지 사람과 말이 하나가 되어 움직이는 것처럼 보일 정도였는데 기마 진법을 설명해 주면 그대로 따라할 정도로 이해력이 뛰어났다.

처음에는 실수를 하던 배우들의 기마술도 시간이 지나면서 점점 능숙하게 변했다.

매일같이 하루 열 시간 이상 촬영을 했기 때문에 땅에서 걷는 것보다 말 위에 있는 게 더 많을 정도였으니 어쩌면 당연한 일인지도 모른다.

촬영이 끝나면 사람도 지쳤고 말도 거품을 물 정도로 지쳤다.

철갑 기마병을 연출하기 위해 무거운 갑옷을 입었기 때문에 사람들은 쉬는 시간이 되면 여기저기 나가떨어져 쉽게 일어서지 못했다.

"아이고, 도영아. 나 좀 살려줘라."

"이 자식아, 나도 죽을 판이다."

"여기 좀 주물러 봐. 허벅지가 마비된 것 같아."

서현탁이 게르에 들어오자마자 침상에 뻗더니 죽는 시늉을 했다.

놈은 김동혁 감독의 우려와는 다르게 넉살스러운 연기를 거듭해서 시간이 지날수록 인정을 받아가는 중이었다.

이건 뭐, 매니저가 아니라 웬수가 따로 없었다.

침상에 벌렁 누워 낑낑거리는 모습을 보자 안쓰러워 강도영은 입맛을 다시며 놈의 옆에 앉아 다리를 주무르기 시작했다.

"시원하냐?"

"그래, 거기. 아니, 거기 말고 조금 아래."

"주둥이 닥쳐. 손 아프다고!"

"하는 김에 제대로 해. 내가 오늘 맥주 공수해 올게."

"지랄, 감독님이 술 마시면 죽는다고 한 거 못 들었어?"

"인마, 군대에서도 막사에서 술 마시는데 촬영장에서 못 마시겠냐. 내가 아까 현지인한테 부탁해 놨어. 맥주 정도는 괜찮다. 이렇게 더운 날에 맥주 한잔 죽여주지 않겠어?"

"언제 가져오는데?"

"네가 허벅지 다 주무르고 나면."

"이 자식아, 나 안 해. 차라리 맥주 안 마시고 만다."

"크크크… 속 좁은 놈. 기다려 봐. 내가 얼른 가져올게."

강도영이 주무르던 손을 거둬들이고 벌떡 일어서자 서현탁이 낄낄 웃으며 자리에서 일어나 게르를 빠져나갔다.

그러고는 10분도 안 되서 양손에 맥주를 4병이나 들고 들어왔다.

"봤냐? 이게 맥주라는 거다."

"어이구, 장한 놈."

"내가 군대 있을 때도 유격 훈련 나가서 소주를 구해 온 사람이야. 이 정도는 아무것도 아니지."

"그런데 우리만 마시기 미안하네. 혁이 형이라도 부를까?"

"놔둬라. 그 형 지금쯤 곯아떨어졌을 거다. 나이가 있어서 그런가 요새 빌빌거리잖아. 보안에도 문제가 있고. 그 형은 생긴 거 하고 다르게 입이 싸서 감독님한테 고자질할지도 몰라."

"푸핫, 넌 어쩌 갈수록 머리가 좋아지냐."

"잔이 없으니까 병째 마셔."

서현탁이 이빨로 뚜껑을 깐 후 맥주병을 내밀었다.

오랜만에 마시는 맥주는 정말 시원해서 눈물이 날 정도로 맛있었다.

"맛있다."

"시원하지?"

"응."

"에고, 우리 인화 씨 잘 있는지 모르겠네."

"이놈이 갑자기 인화 씨 타령을 하고 있어. 은서 씨 보고 싶게."

"애 가졌다."

"지금… 너 뭐라고 그랬어?"

"인화 씨 애 가졌다고. 앞으로 8개월 후면 나 애 아빠 된다."

"이 미친놈이 무슨 소릴 하는 거야!"

"어제 전화 왔는데 8주 됐단다. 아무래도 돌아가면 식을 올려야 될 것 같아."

"환장하겠네."

"그래서 일단 집부터 알아보라고 했다. 이제 우린 이혼해야 될 것 같아. 그동안 정 많이 들었는데 미안하다."

"얼씨구."

"혼자 산다고 아무나 들이지 마. 내 짝 난다."

"야, 이 자식아. 내가 너냐!"

"크크크… 하긴 너무 오래 사귀었어. 벌써 8년째잖아. 이젠 데려와야 할 때도 되었지. 안 그래?"

"아들이면 좋겠다."

"딸이 더 좋아."

"하긴, 딸은 살림 밑천이라니까. 결혼식은 언제 할 건데?"

"내년 1월에 할 생각이야. 우리 애 세상에 나오기 전에는 해야 되잖아. 사회 봐줄 거지?"

"이놈이 당연한 소릴 하고 있네. 나 말고 사회 볼 놈이라도 있기나 해?"

"이혼했다고 삐져서 안 해줄까 봐 그렇지."

"걱정하지 마라. 내가 멋들어지게 봐줄 테니까."

강도영이 피식 웃으며 자신이 들고 있던 맥주병을 놈이 들고 있던 맥주병에 부딪쳤다.

내년 1월.

촬영이 시작된 지 벌써 4개월이 흘러 지금이 9월이었으니 3개월만 지나면 목숨처럼 소중한 친구 놈이 결혼을 한단다.

얼굴은 웃었으나 가슴이 갑자기 텅 빈 것처럼 허전했다.

누구보다 축복해야 할 일이었는데 정말 생각하지 못했던 이상한 감정이 가슴속을 채우며 뜨겁게 올라오고 있었다.

*   *   *

히히힝… 푸득, 푸득.

철갑을 입힌 전마가 강도영을 태운 채 거친 숨소리를 뱉어내고 있었다.

강도영이 탄 말은 지구력이 뛰어난 것으로 알려진 몽고 전마로서 그중에서도 순혈 계통을 가진 명마였다.

턱에 거친 수염을 매단 강도영의 눈은 시퍼렇게 빛나고 있었는데 손에는 장창을 들었고 왼쪽 허리춤에는 장검이 달려 있었다.

그의 뒤쪽에는 철갑 기마대가 긴장된 눈으로 지켜보는 중이었고 반대편 쪽에는 거란 최고의 용사라는 타루가 부족 기마병을 배후에 둔 채 장창을 앞으로 치켜세우고 있는 중이었다.

강도영과 적장의 뒤에는 300명씩 나뉘어 마상에 앉아 있었지만 나중 영화로 상영될 때는 CG 작업을 통해 엄청난 숫자의 병사들로 늘어날 것이다.

이번 장면은 거란의 정예병을 모두 때려 부순 광개토대제가 거란을 완전히 심복시키기 위해 일기투로 불패를 자랑한다는 최고 용사 타루가와 한판 승부를 벌이는 장면이었다.

타루가 역을 맡은 사람은 코리아 액션 스쿨의 베스트 오브 베스트 최진철이었다.

그와는 용의 칼에서 이미 호흡을 맞춰본 사이였고 이 장면을 찍기 위해 오래전부터 준비를 했기 때문에 최고의 파트너로 손색이 없었다.

"레디, 액션!"

김동혁 감독의 신호가 떨어지자 강도영이 말 허리를 박차며 앞으로 튀어나갔다.

육중한 말발굽 소리가 여과 없이 촬영장을 강타하며 초원을 향해 퍼져 나갔다.

반대 진형에서 튀어나온 최진철이 무섭게 접근하며 창을 찔러내자 강도영이 허리를 제쳐 피하면서 자신이 지닌 장창을 팽이처럼 휘돌린 후 곧바로 반격을 가했다.

날카로운 파공성이 연신 상대의 전신을 노리고 울려 퍼졌다.

푸르게 빛나는 장창의 칼날은 예리하게 벼려져 제대로 찔리면 시뻘건 피를 금방이라도 흘려낼 것 같았다.

"휴우… 심장 떨려 죽겠네."

"오빠, 저거 너무한 거 아니에요? 저러다 다치겠어요."

"도대체 얼마나 연습을 했길래 저 정도인 거야. 씨발, 내가 봐도 진짜 싸우는 것처럼 보이는데 관객들은 오죽하겠냐."

유혁이 말고삐를 움켜쥔 채 긴장된 시선으로 일기투를 벌이고 있는 초원의 중앙을 바라보고 있었다.

그 옆에는 문정혜가 있었는데 연신 침을 흘릴 정도로 바짝 긴장한 모습이었다.

무시무시한 싸움.

초원의 중앙에서 싸우고 있는 두 사람은 마치 정교한 톱니바퀴가 물려 돌아가는 것처럼 엄청난 격전을 펼치고 있었다.

김동혁이 전쟁터의 모습을 연출하라고 따로 지시할 필요조차 없었다.

그들은 물론이고 길게 마상에서 늘어선 사람들은 정말로 손에 땀이 흐를 정도의 긴장감을 느끼고 있었기 때문이다.

"저 자식의 액션을 볼 때마다 깜짝깜짝 놀랬지만 이번에는 정말 미치겠다. 쟤가 도대체 사람이냐?"

"여자들이 정신 줄을 놓을 수밖에 없겠어요. 나도 심장이 떨릴 정도로 멋있는데 다른 여자들은 오죽하겠어요."

"여기서 왜 그 얘기가 나와?"

"너무 멋있으니까 그렇죠. 이번 영화 개봉하면 대한민국 여자들이 전부 뒤집어질 거예요. 내 말 틀리나 두고 보세요."

*　　　　　*　　　　　*

몽고에서 촬영 팀이 철수를 시작한 것은 한참 추위가 기승을 부리기 시작한 12월 중순이었다.

6개월의 고된 촬영.

하루하루가 지옥같이 힘든 나날의 연속이었다.

마지막 촬영이 끝나던 날, 배우들과 스태프들은 만세를 부르면서 기뻐했다.

촬영하는 내내 강한 카리스마로 좌중을 휘어잡던 김동혁 감독마저도 마지막 촬영이 끝나자 해맑은 웃음을 지었다.

금주령이 풀렸고 사람들은 그날 코가 삐뚤어지도록 술을 마셨다.

워낙 심한 고생을 했기 때문인지 배우들은 물론이고 스태프들마저 전우애로 똘똘 뭉쳐 술잔이 날아다녔기 때문에 술자리가 끝났을 때 제대로 일어나는 사람이 없을 정도였다.

서현탁은 얼굴이 시꺼멓게 타서 검둥이처럼 보였다.

원래 얼굴이 시꺼멓던 서현탁은 6개월간 몽고의 초원에서 말과 씨름을 하더니 얼굴은 물론이고 팔다리가 새까맣게 변했다.

강도영이 선크림을 발라야 한다며 매일 잔소리를 했음에도 자신은 그런 걸 바르면 두드러기가 난다고 바르지 않은 결과였다.

인천공항에 내린 배우들과 스태프들은 전장에서 돌아온 병사들의 모습을 그대로 나타내고 있었다.

강도영은 물론이고 유혁과 문정혜마저 배우들답지 않게 허름한 옷차림으로 돌아왔기 때문에 기자들은 사진을 찍으면서도 황당한 표정을 지었다.

하지만 그것은 광개토대제의 몽고 촬영이 얼마나 고통스럽고 힘들었는지를 단적으로 나타내 주는 것이기에 그들은 배우들의 모습을 찍으면서 영화에 대한 기대감을 숨기지 못했다.

몽고에서 찍은 6개월간의 촬영은 대부분 전투에 관한 것이었고 나머지 분량은 국내에서 찍는 것으로 계획되어 있었다.

담덕 태자가 후연에서 수모를 받으며 인내하는 과정, 대왕으로 등극하는 장면, 주변 정세를 신하들과 의논하는 장면, 전장에서 이기고 돌아와 백성들에게 환호를 받는 장면, 그리고 37세의 나이로 안타깝게 운명하는 장면 등 반 정도의 분량이 남아 있었기 때문에 촬영을 마치려면 아직 최소 6개월은 더 시간이 필요했다.

서현탁의 결혼식은 국내로 돌아온 강도영이 몽고 촬영에서

쌓인 피로를 풀기 위해 휴식을 취하고 있을 때 잡혔다.

김동혁 감독은 워낙 스태프들과 배우들이 고생을 했기 때문에 한 달 간의 휴식을 취한 후에 나머지 촬영을 하는 것으로 결정했는데 서현탁은 교묘하게 휴가의 마지막 주에 결혼식 날짜를 잡았다.

추위가 기승을 부리던 1월의 마지막 주 일요일이었고 새로운 인생을 출발하기에는 너무나 추운 날이었다.

강도영은 검은색 정장에 빨간 무늬가 들어간 넥타이를 매고 결혼식장으로 향했다.

결혼식은 2시에 시작되는 것으로 되어 있었지만 사회를 봐야 했기 때문에 예정된 시간보다 1시간이나 빨리 식장에 도착했다.

나름대로 인터넷을 뒤져서 식의 진행 과정을 꼼꼼히 적었다.

친구의 결혼을 망치고 싶지 않았기에 며칠 전부터 예행 연습을 해가면서 정말 열심히 준비했다.

식장에 도착하자 서현탁이 바보 같은 웃음을 지으며 튀어나오는 게 보였다.

놈은 뭐가 그리 즐거운지 연신 웃음을 흘리고 있었다.

"멋있네."

"자식아, 명색이 내가 신랑인데 당연히 멋있어야지."

"그렇게 빼입으니까 사람처럼 보인다. 항상 멀대처럼 보이더니만."

"잘생긴 네놈 옆에 붙어다니다 보니 내 핸섬한 얼굴이 묻혔을 뿐이야. 나도 어디 가면 인물 좋다는 소릴 들어."

"행여나. 이놈이 장가가니까 말도 안 되는 소릴 서슴없이 해대네."

"크크크… 연습은 많이 했냐?"

"사회 보는데 연습은 무슨 연습. 순서대로 읽으면 되는 거잖아."

"잘해, 인마, 결혼식 엉망으로 만들지 말고."

"인화 씨는?"

"신부 대기실에 있지. 가 볼래?"

"그러자."

곧 서현탁의 마누라가 될 여자였지만 정인화는 강도영에게도 특별한 사람이었다.

벌써 8년이란 시간을 그녀와 함께했고 서현탁이 워낙 자주 이야기를 했기 때문에 강도영은 그녀가 섹스할 때 무슨 자세를 좋아하는지도 알 정도다.

서현탁의 안내에 따라 신부 대기실로 걸어가자 그를 알아본 사람들이 걸음을 멈추고 비명을 질러댔다.

하지만 장소의 특별함 때문인지 다른 곳처럼 벌 떼같이 달려들지는 않았다.

서현탁이 신부 대기실의 문을 똑똑 두드리자 안에서 여자들의 목소리가 들리면서 문이 열렸다.

대기실에는 정인화만 있었던 게 아니었던지 문을 열고 들어서자 여러 명의 목소리가 한꺼번에 들려왔다.

그러나 그 목소리가 한꺼번에 멈춘 것은 순식간의 일이었다.

정인화의 친구들은 강도영이 들어서는 순간 마치 얼음처럼 굳어버렸는데 두 눈을 부릅뜬 채 움직이지도 못했다.

"인화 씨, 예쁘네요."

"어서 와요, 도영 씨."

"아휴… 어쩌면 좋아. 새신부가 배가 불쑥 튀어나와서 큰일 났네. 이게 다 이놈 때문입니다. 그렇죠?"

강도영이 옆에 서서 히죽거리고 있는 서현탁의 목을 두 손으로 졸랐다.

그러자 정인화가 손으로 입을 가리며 까르르 웃었다.

"그러지 마요. 우리 신랑 죽이면 난 과부가 되잖아요."

"호오, 이놈이 그렇게 좋아요?"

"그럼요. 현탁 씨가 죽을 때까지 행복하게 해주겠다고 약속했단 말이에요."

"그거 다 뻥입니다. 믿지 마세요."

"호호호……."

강도영이 넉살을 떨자 정인화가 또다시 폭소를 터뜨렸다.

그러나 웃은 건 그녀뿐만이 아니었다.

강도영이 들어서자 꼼짝하지 못하고 지켜보던 그녀의 친구들도 긴장이 풀렸는지 함께 웃음을 터뜨렸기 때문에 대기실이 여자들의 웃음으로 가득 찼다.

잠깐 인사만 하고 나오려던 강도영은 한참을 신부 대기실에 잡혀 있어야 했다.

정인화의 친구들이 사진을 찍어야 된다며 우겨서 한동안 모델 역할을 했기 때문이다.

대기실에서 나와 서현탁의 부모님께 인사를 하고 식장으로 들어가 진행 연습을 하면서 시간을 보냈다.

시간은 정말 빠르게 지나가서 금방 2시가 다가왔다.

결혼식장은 하객들로 인해 인산인해를 이루고 있었다.

서현탁의 집안뿐만 아니라 정인화의 집안 쪽에서도 엄청나게 사람들이 왔는데 강도영이 사회를 본다는 게 알려지자 기자들과 다른 예식에 참석했던 사람들까지 몰려들어 예식장뿐만 아니라 복도까지 빈틈을 찾기가 어려웠다.

"지금부터 신랑 서현탁 군과 신부 정인화 양의 결혼식을 거행하겠습니다. 신랑 입장!"

강도영의 지시를 받은 서현탁이 당당한 걸음으로 주단을

밟으며 다가왔다.

놈은 지금까지 봐왔던 중에서 가장 멋있고 늠름한 모습으로 걸어왔는데 삼 대 칠 가르마조차도 멋있어 보였다.

곧이어 신부 입장이 시작되면서 웨딩곡이 식장에 가득 울려 퍼졌다.

현탁이 이놈은 신부의 왼팔을 잡아야 하는데 불쑥 오른팔을 잡았다가 강도영에게 잔소리를 들어 하객들을 웃음 짓게 만들었다.

주례사가 끝나고 신랑, 신부가 부모님께 인사를 하는 모습을 보면서 강도영은 왠지 알 수 없는 슬픔을 느꼈다.

저놈.

무려 12년 동안 한 몸처럼 지내왔던 친구가 이제 결혼을 해서 새로운 인생을 시작하는 모습을 보자 가슴 한구석이 텅 빈 것처럼 느껴졌다.

결혼을 해서도 서현탁은 언제나 옆에 있을 것이다.

하지만 지금까지 했던 것처럼 그와 같은 집에서 뒹굴며 맥주를 마시지 못할 것이고 이불을 제치며 불쑥 기어 들어와 끌어안는 변태 짓도 하지 못할 것이다.

놈에게는 이제 목숨을 다해 지켜야 할 아내와 아이가 생겼으니 보내줘야 하는 것이 당연했지만 그럼에도 서운한 감정을 숨기기가 어려웠다.

"그럼 두 사람의 결혼을 축하하기 위한 축가를 부르는 시간을 갖도록 하겠습니다. 축가는 서현탁 군의 가장 친한 친구인 제가 부르겠습니다."

전혀 예상치 못했던 멘트에 식장을 가득 채운 하객들의 입에서 환호성이 터져 나왔다.

현재 대한민국에서 가장 인기 있는 톱스타 강도영이 사회를 본 것만으로도 즐거운 일이었는데 노래까지 부른다고 하자 하객들은 연신 환호성을 지르며 기쁨을 숨기지 않았다.

강도영은 천천히 사회자석에서 나와 하객들을 바라보며 섰다.

그런 후 피아노를 치는 아가씨를 향해 신호를 보내고 마이크를 들었다.

그러자 서현탁의 눈빛이 변하며 말리려는 시늉을 하다가 정인화가 급하게 팔을 잡자 할 수 없이 우두커니 멈춰 섰다.

하지만 얼굴은 어느새 굳어져 걱정스러운 눈으로 강도영을 바라보고 있었다.

꽤 많은 시간이 지났지만 아직 목 상태가 완전하지 않기 때문에 축가를 불렀다가 목에 이상이라도 온다면 땅을 치고 후회할 일이 생길지 몰랐다.

그런 서현탁을 향해 강도영은 걱정하지 말하는 시선을 준 후 반주에 맞춰 천천히 노래를 시작했다.

강도영이 부른 것은 결혼 축가로 자주 불리는 이적의 '다행이다'였다.

노래를 부르겠다는 강도영의 갑작스러운 멘트에 환호를 보내던 하객들이 그의 노래가 시작되자 순식간에 조용해졌다.

누군가를 소중하게 생각하는 사람들의 감성이 그대로 들어 있는 노래.

그 노래가 식장을 조용하게 잠식시키며 울려 퍼지자 하객들은 넋을 놓고 강도영의 노래에 빠져들었다.

달콤하고도 부드러웠다.

잔잔하게 흐르는 노래의 음률은 누군가를 향한 사랑과 존경, 그리고 애끓는 그리움이 그대로 담겨 있었다.

강도영의 노래가 정점으로 치닫기 시작하자 조용히 서서 노래를 듣고 있던 서현탁의 눈에서 눈물이 흐르기 시작했다.

그 역시 결혼을 하면서 강도영을 떠나야 한다는 생각에 노래가 주는 감정을 이기지 못하고 눈물을 쏟아냈다.

그런 신랑을 향해 정인화가 자신의 눈물을 위해 준비해 놨던 손수건을 조용하게 건넸다.

두 사람의 진한 우정을 누구보다 잘 알기에 그녀는 아무 말 없이 손수건을 건넨 후 마지막을 향해 달려가는 강도영의 모습을 바라보았다.

저런 친구를 가진 서현탁이 부럽다는 생각이 들었다.

조건 없는 사랑은 남녀 관계에만 있는 게 아니라는 것을 두 사람의 관계를 오랜 세월 지켜보며 알 수 있었다.

노래가 모두 끝나자 하객들 속에서 우레와 같은 박수 소리가 터져 나왔다.

놀라게 만들 정도의 가창력을 선보인 건 아니었으나 노래 속에서 담겨져 있는 잔잔한 감동은 그들을 환호하게 만들기에 충분했다.

노래를 마친 강도영은 눈물을 보인 서현탁에게 다가가 빙그레 웃었다.

"왜 울고 그래, 바보같이."

"그냥, 너한테 미안해서."

"뭐가?"

"널 내버려 두고 나만 결혼해서 미안하다, 인마. 너 혼자 독수공방할 생각하니까 가슴이 미어져."

"지랄한다. 걱정 마라. 나도 조만간 결혼할 거니까 까불지 말고 잘 살아."

"제발 그랬으면 좋겠다."

"사진이나 찍자. 다들 기다리시잖아."

강도영은 원래의 자리로 돌아가 사진 촬영을 한다는 공지를 하고 순서대로 하객들을 불러냈다.

먼저 가족들의 촬영이 있었고, 친구들의 촬영이 이어졌다.

친구들이 찍을 때는 유혁과 신비한 남자 때 친해졌던 허재용을 비롯해서 영화에 같이 출연한 신인 배우들과 페이스의 매니저들이 다수 참여했는데 20명이 훌쩍 넘었다.

촬영이 끝나고 신랑, 신부가 폐백을 위해 자리를 옮긴 동안 유혁을 비롯해서 배우들과 지인들이 모두 돌아갔기 때문에 강도영은 혼자 남아 폐백이 끝나기를 기다렸다.

신혼여행을 떠나는 걸 지켜본 후 돌아갈 생각이었다.

서현탁은 신혼여행을 하와이로 간다고 했는데 시간이 빠듯해서 폐백을 마치고 바로 출발할 예정이었다.

20여 분이 지나자 어느새 편한 복장으로 갈아입은 서현탁과 정인화가 서두르는 모습으로 웨딩카가 있는 곳으로 다가왔다.

웨딩카는 페이스에서 보내준 운전기사가 공항까지 안내해 주는 것으로 되어 있었다.

강도영은 두 사람이 부모님과 친지들에게 잘 다녀오겠다며 인사하는 장면을 지켜보다가 마지막으로 정인화에게 다가갔다.

"인화 씨, 우리 현탁이 잘 부탁해요."

"고마워요, 도영 씨. 오늘 수고 많으셨어요."

"제가 바빠서 부조를 못 넣었어요. 그래서 지금 주는 거니까 가서 맛있는 거 사 먹고 행복한 시간 보내다 오세요."

강도영이 하얀 봉투를 내밀자 정인화가 어쩔 줄 모르는 시선으로 서현탁을 바라보았다.

그러자 서현탁이 받으라는 신호를 보냈다.

친구 놈의 성의를 마다하는 건 예의가 아니라고 생각했기 때문이다.

"도영아, 나 갔다 올 때까지 사고 치지 말고 잘 있어. 알았지?"

"이 자식아. 내가 어린애냐. 사고는 무슨……."

"크크크… 간다!"

주먹을 번쩍 드는 강도영을 피하며 서현탁이 부랴부랴 정인화를 차에 밀어 넣었다.

더 있고 싶었지만 비행기 시간에 여유가 없었다.

두 사람이 창밖으로 손을 내밀어 부모님과 친지들에게 인사를 마치자 웨딩카가 공항을 향해 움직이기 시작했다.

일요일 오후라 그런지 교통이 시원하게 뚫려 비행기 시간에 늦지는 않을 것 같았다.

정인화가 주섬주섬 강도영이 준 봉투를 꺼낸 것은 웨딩카가 올림픽대로를 질주하고 있을 때였다.

"현탁 씨, 봉투가 이상해."

"왜?"

"이거 너무 가벼운데. 도영 씨가 혹시 장난하느라 만 원짜리 하나 달랑 넣은 거 아냐?"

"그놈은 그러고도 남을 놈이지. 하하하… 꺼내봐, 얼마나 들었나 보게."

서현탁이 빙그레 웃으며 턱짓을 하자 정인화가 봉투를 열어 내용물을 꺼냈다.

그녀의 말대로 봉투는 무척 가벼웠는데 종이 한 장만 달랑 담겨 있었다.

그러나 그 종이는 그냥 종이가 아니었다.

"헉, 현탁 씨. 이거… 이것 좀 봐!"

종이를 든 정인화의 손이 부들부들 떨렸다.

종이의 정체는 만 원짜리가 아니라 1억 원이란 숫자가 선명하게 찍힌 수표였기 때문이다.

『스크린의 별』 6권에 계속…

초대형 24시 만화방

신간 100%, 샤워실, 흡연실, 수면실(침대석), 커플석, 세탁기 완비

▪ 광명 광명사거리역점 ▪

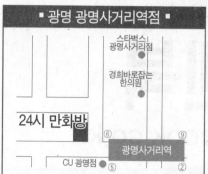

경기도 광명시 오리로 986 광명사거리역 6번 출구 앞 5층
02) 2625-9940 (솔목타워 5층)

▪ 강북 노원역점 ▪

서울 노원구 상계동 340-6 노원역 1번 출구 앞 3층
02) 951-8324 (화용빌딩 3층)

▪ 일산 정발산역점 ▪

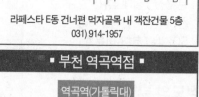

라페스타 E동 건너편 먹자골목 내 객잔건물 5층
031) 914-1957

▪ 일산 화정역점 ▪

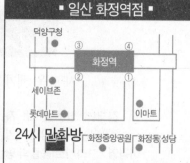

경기도 고양시 덕양구 화정동 984번지 서일빌딩 7층
031) 979-4874 (서일사우나 건물 7층)

▪ 부천 역곡역점 ▪

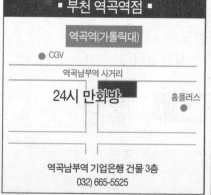

역곡남부역 기업은행 건물 3층
032) 665-5525

▪ 부평역점 ▪

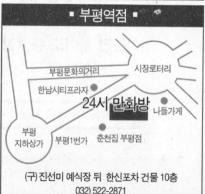

(구)진선미 예식장 뒤 한신포차 건물 10층
032) 522-2871

크레도 장편소설
FUSION FANTASTIC STORY
톱스타 이건우
열정만으로 성공하는 것은 아니다!
어중간한 실력으로 허송세월하던 이건우.
그의 앞에 닥친 갑작스러운 사고와 함께 떠오르는 기억.
'나는 죽었는데 살아 있어. 그건 전생? 도대체…….'
전생부터 현생까지 이어지는 인연들.
그리고 옥선체화신공(玉仙體化神功)…….
망나니처럼 살아온 이건우는 잊어라!
외모! 연기! 노래!
삼박자를 모두 갖춘 최고의 스타가 탄생한다!
Book Publishing CHUNGEORAM
유행이 아닌 자유추구 -
WWW.chungeoram.com